亲 爱 的

读 者

〔英〕凯西·伦岑布林克 著

齐彦婧 译

Cathy Rentzenbrink

DEAR
READER

The Comfort and
Joy of Books

GUANGXI NORMAL UNIVERSITY PRESS
广西师范大学出版社

· 桂林 ·

目录

献给马修·简·伦岑布林克

一本属于你自己的书

不管天塌下几重，我们还得活下去才是。[1]

——《查泰莱夫人的情人》，D. H. 劳伦斯著

我人生的使命不仅是活着而已，还要活得好好的；而且要
活出激情，活出悲悯，活出幽默，活出风格。

——玛雅·安吉洛[2]

1　译文引自《查泰莱夫人的情人》，黑马译，译林出版社，2014 年。（本书注释如无特别说明，均为译者注。）

2　玛雅·安吉洛（Maya Angelou，1928—2014），美国诗人、作家、教师、舞蹈家和导演。

亲爱的读者

我躺在地板上，在我位于康沃尔郡的新家，四周堆满搬家纸箱。我本该开箱整理物品，无奈却背痛难忍，于是想起我曾得到过一条建议：平躺在地，屈起膝盖，脑后垫一本书。我选的是一本蓝色封皮的大部头精装本，包含达芙妮·杜穆里埃[1]创作的所有四部康沃尔小说。其中我最喜欢的是《蝴蝶梦》。我想着书中的故事，想着那个腼腆的女孩，我们从头到尾都不知道她的名字，她在法国南部受雇陪伴一位难缠的妇人时结识了丧妻不久的麦克斯·德温特，并嫁给了他。麦克斯的年纪是她的两倍，有着丰富的阅历和大量的财富。她随他回到曼陀丽庄园，他华美的

---

1 达芙妮·杜穆里埃（Daphne du Maurier，1907—1989），英国小说家、剧作家，小说多以康沃尔郡的海岸为背景，情节曲折，扣人心弦，代表作有《蝴蝶梦》《牙买加客栈》等，有多部作品被改编为电影。

海滨宅邸，在自家花园的杜鹃丛中散步，为自己远比不上麦克斯死去的妻子吕蓓卡而倍感苦闷。像我一样，她也有点不修边幅。她担心自己穿错衣服、头发一团糟。而且我们都喜欢啃指甲。我举起双手，看看自己的指甲。两根大拇指周围的皮肤都红肿破损。

这本《蝴蝶梦》我读过多少遍了？十遍？二十遍？我不记得自己第一次读它是在什么时候，只记得当时我比故事中这位女孩年纪小，而现在，我已经比麦克斯·德温特本人还老了。就在今天，我还产生过老之将至的感觉，被搬家的重负压得疲惫不堪、筋疲力尽。搬回康沃尔是对的，可以离父母近些。大自然吸引着我，我渴望去海边漫步，摆脱那种堵在车流中的生活。我想拥有一座花园，花时间打理一番。

不过直到现在，我所做的依然只是每清空一只纸箱就盯着手机，刷着没完没了的政治闹剧。如果它是一部小说，我说不定还会读得津津有味，尽管内容纯属虚构。如果它是一部讽刺作品，说不定还能引人发笑。我明白，紧跟这场闹剧、眼看我们人类的愚蠢与虚荣不断得到证实对我没什么好处。我必须找到一条出路，不再为自己无法控制的事情浪费精力。

我躺在那里，周围堆满纸箱，盯着摆了一半的书架，看着那些随我四处辗转的书本，这时，我找到了想要的答案。我要当自己的医生，开出最好的药方：做一次重读治疗。我要把心爱的书叠成一摞，逐一通读，不但从每本书中得到抚慰，更能放心地相信这些书读之不尽，并为此感到安心。我体内发生了某种变化。一想到可以关掉手机、整晚窝在那里读一本好书，我的背痛顿时减轻了。这是我一贯的做法。每当现实生活露出獠牙，我就会躲进幻想的世界，重走自己曾无数次走过的路。每次陷入这种感觉，我都不会渴求新鲜，只想从熟悉的事物中寻求慰藉。这情形就好像重新认识自己钟爱的小说人物能让我找回曾经的自我，减轻割裂的感觉。阅读塑造了我，书本总能带给我重新振作的力量。

　　我翻身起来。该从哪本读起？我拾起那本蓝色的精装大部头，盘算着自己的选择。我感到《蝴蝶梦》正带着它毋庸置疑的魅力与神秘召唤着我，但紧接着，书架高处一本薄薄的小册子吸引了我的目光。

　　我一开始是按时间顺序整理书架的，把书籍按照我初读它们时的年纪排列。就这么办。就从我阅读的起点开始。我把手伸向书架高处，开启了这段旅程。

梦见纳尼亚

昨晚，我梦见自己又去了纳尼亚。[1] 我站在路灯下，感觉积雪在脚下嘎吱作响，尽管裹着温暖的皮草，却依然冷得发抖。我不知自己降临在好光景还是坏光景。这只是个寻常的冬日吗？还是说白女巫的统治无穷无尽，尚未结束？我有勇气面对之后的挑战吗？还是会屈服于神奇土耳其快乐糖[2]的诱惑？我不知梦中的自己是什么年纪，是如今这个成年女子还是童年那个钻进衣橱的小女孩。关于纳尼亚的梦境几乎贯穿我的一生。

这一切如何开始？阅读于我，一直是慰藉、知识、乐趣与愉悦的主要来源。阅读是我最核心的自我认同；我对

1　这句开场白致敬了《蝴蝶梦》的开篇："昨晚，我梦见我又回到了曼陀丽。"
2　《纳尼亚传奇》中白女巫用来诱惑爱德蒙的魔法糖果，其原型是一种土耳其传统甜点。

8

自己最忠实的描述，就是"我是个读者"。我从小就更喜欢读书而不是投身现实。在三十岁前那段迷茫与伤感期，我在书店找到一份工作，从中得到了慰藉。有一阵子，我有一搭没一搭地尝试网上交友，在那个短暂的时期，我将自己描述为"一个随和的书迷"。怀我儿子马特时，我会轻抚孕肚，想象我们今后会一起读哪些书。每到一处地方，我总是第一时间搜寻书店与图书馆。每交一位朋友，我都会好奇他们的书架上摆着什么书。

我刚几个月大时，外婆就给了我人生第一本书。书是布做的，内容跟海滨有关。妈妈告诉我，那时我会一连好几个小时抱着它啃，目不转睛地盯着上面的字母，就像知道将来文字会对我很重要似的。只要周围有书，我就会特别留神；妈妈没法用讲故事的办法哄我入睡，因为我会越听越精神。读书会唤醒我，而不是让我平静。

我不记得自己是怎么学会识字的了。感觉更像是魔法起了作用，而不是我逼自己学会了一项技能。"我该拿这个小丫头怎么办呢？"我的仙女教母在我的婴儿提篮上方俯身问道，"对了！把她变成一个爱读书的人。"于是她挥动魔杖，决定了我的命运。她赐给我一件礼物，它点亮了我的生活，开阔了我的视野，陪我走过最黑暗的时光。

我记忆中最早的故事并非来自书本，而是来自爸爸唱给我听的歌谣。他是个孤儿，十五岁就离开爱尔兰，开始出海。三年后，他所在的船只停靠在法尔茅斯¹，他在那儿认识了我母亲。他俩隔着海关大厦码头四目交汇，就这样一见钟情。四年后，我出生了，接着是弟弟马蒂。为了陪伴家人，爸爸开始在岸上找活儿干，我们都住在一辆房车上，好在他干活儿时跟着他辗转全国各地，他干的全是各种各样的脏活儿累活儿，总在砌呀、钻呀。那时的汽车还没配备安全带和收音机，马蒂和我就在那辆路虎车的后座上蹿下跳，不受安全带的束缚，听爸爸唱着歌颂英勇的爱尔兰反抗者与游荡者的歌谣。歌里的人总在路上，往往工作卖力，常被女人辜负。有时他们会为爱尔兰而战，遭到英国人的虐待。我那时总嚷着要爸爸多唱几首，还喜欢跟着他一起唱。

　　到我们快上学时，爸爸改行当了锡矿工人，这样一家人就能定居在一处地方。我们回到康沃尔，搬进一栋平房，房子坐落在兰纳²的一座山顶上。妈妈那时在攻读开

1　康沃尔郡下属的教区与海港，位于法尔河河口。
2　康沃尔郡西部的一座村庄。

放大学[1]的学位。她会跟马蒂和我商量，说我们要是能让她学习一个钟头，她就答应给我们读一章《狮子、女巫和魔衣橱》[2]。在我们眼巴巴盼着被送入纳尼亚世界的时候，时间过得可真慢啊。

从前有四个孩子，分别叫彼得、苏珊、爱德蒙和露西。他们在大轰炸期间[3]撤离伦敦，搬进一栋神秘的宅子与一位老教授同住，宅子里埋藏着不少秘密，许多连教授本人都不知道。一个雨天，露西在房子里探险，把脑袋探进一只装满皮草的巨大衣橱。她钻了进去，发现里面还挂着一排大衣。这个衣橱可真大呀，她心想，突然感觉脚下有什么在嘎吱作响。是樟脑丸吗？不对，是积雪！接着，树木和路灯映入眼帘。露西见到一只名叫图姆纳斯的羊怪，他长着山羊的腿，上半身却是人的模样。露西告诉他自己来到这里的经过，图姆纳斯却以为她来自遥远的"空房间国"里一座明亮的"大衣橱城"，还说自己小时候真该

1　开放大学（The Open University）创立于 1969 年，是英国的远程教育大学，大部分学生都在校外接受教学。

2　英国作家 C. S. 路易斯创作的奇幻小说，按完成顺序是《纳尼亚传奇》系列的第一部，按情节发展是第二部。

3　第二次世界大战期间，纳粹德国自 1940 年 9 月 7 日至 1941 年 5 月 10 日对伦敦实施了持续的轰炸。

在地理上多下点功夫，这样就能知道所有那些稀奇古怪的国家了。露西找到了去纳尼亚的路，从此开始了一段冒险，她将和彼得、苏珊、爱德蒙一起加入狮子阿斯兰的阵营，战胜白女巫，将春天与幸福带回这片冰封的大地。

《狮子、女巫和魔衣橱》出版于1950年，在战后艰苦岁月的映衬下，书中对食物的描写更添光彩。用茶点时，图姆纳斯先生给露西端来一只煎得焦黄的鸡蛋，配上沙丁鱼加烤面包，还有一只糖霜蛋糕。露西带着另外几个孩子重返纳尼亚之后，海狸先生给他们煎了鱼和土豆，最后海狸太太还端来一只漂亮的黏稠果酱卷。糖的限额配给直到1953年才结束。谁不愿意为取之不尽的土耳其快乐糖、缀满宝石的杯子里温暖而泡沫丰盈的热饮而付出一切呢？

我早年的记忆总是一闪而过，像梦境一样无头无尾地出现又消失。那些记忆总是与读书或受辱有关，或者两者皆有。在兰纳，在我就读的第一所学校，我遇到一位特别欣赏我优秀读写能力的老师。她送我去高年级老师面前朗读，结果我根本无法胜任，不是因为那位老师，而是因为那群高年级孩子全都盯着我瞧。我低下头，看见自己的尿顺着地板的缝隙流动。这个画面我至今记忆犹新。回家时，我把尿湿的内裤用塑料袋裹起来，从学校办公室的一只盒子里找了条多余的内裤穿上。妈妈把那条内裤洗好，说什么也要让我还回去，而这简直跟尿裤子本身一样难堪。我每天都把它揣回家，假装忘了还。

锡矿关闭后，我们全家从康沃尔郡搬到约克郡，因为爸爸在塞尔比煤田找到一份挖竖井的工作。他工作的地方叫作斯蒂林弗利特，他眼睛里的煤灰总也洗不干净，看上去总像涂着睫毛膏。

那年我五岁，为很快就能交到新朋友而兴奋，但学校里的孩子却笑我说话装腔作势，肯定是以为我那种半爱尔兰、半康沃尔的口音就是所谓的高级口音吧。以前，我总因为书读得多而备受宠爱和赞赏，但我的新老师 C 女士却压根儿不信我真的读过我说的那些书，强迫我从最基础的读起。这本来也没什么，因为我喜欢读书，但她居然不准我跳着读，弄得我只好久久地盯着同一页，望着上面硕大的字母和插图。我会感到厌倦，转头望向窗外，这时她就会责备我，说我走神。我无时无刻不在担心惹她发火，怕自己没把彩色铅笔放对地方，把颜料洒在地上，或是咽不下那瓶在阳光下暴晒了一上午的牛奶。

C 女士留一头花白的卷发，发卷好似一团团的棉球。

她的鼻孔很大，每次她站在我面前，我都尽量不抬头看。她的口头禅是："爱哭的孩子没奶吃。"

一天，有个孩子带来一大包菠萝糖，那是他的一个哥哥或姐姐偷偷带进学校的，趁课间休息交给了他。我特别想吃。我爱吃硬糖。我们会用硬币在村里的商店买糖。如果只是含在嘴里，硬糖可以吃很久，可我偏偏喜欢嚼。我吃过梨糖、可乐糖，但还从来没吃过菠萝糖。爱哭的孩子没奶吃，我想到这句话。我望着那喧嚣的场面，看着硬糖的主人愉快地待在阳光下，盘算着该把好处给谁。我满怀希望地在一旁打转，竭力藏起心底的极度渴望。我几乎能用舌头尝出糖果的质地。很快，袋子空了。人群散去。我空手而归，没有糖果，也没人心疼。才不是呢，我想，爱哭的孩子才不会没奶吃，尽管直到今天，我依然很难在任何情况下站出来维护自己。我依然宁可吃不到菠萝糖，也不愿忍受求而不得的屈辱。

升班之后，我的新老师 F 女士不像 C 女士那么凶悍了，不过她依然喜欢挫伤我的锐气。我们有了自由阅读课，我很喜欢一套关于海盗的书。我飞速地翻完那本书，跑到推车前取下一本。"坐回去。"F 女士喝令道，"你哪能这么快就读完了。"大家都盯着我哄堂大笑。

我从那辆推车上读到了缩略版的《远大前程》和《双城记》。我当时并不知道自己读的都是缩略版，所以才会在几年后惊讶地发现，狄更斯的大部分作品都是那么冗长而沉闷。我从未适应这种风格，也未能重拾初读狄更斯时那份难抑的激动。

我并不是样样都擅长。我的笔迹不如别的女孩子工整，画画和做手工也都笨手笨脚的，总在画上留下污迹。算数很难。我们那时会玩一个叫"嘶嘶嗡嗡"[1]的游戏，就是数五或三的倍数。开始时所有人都站着，但数错的人就得坐下，而我总是刚开局不久就坐下了。我分不清左右，也不太会看时间，所以一直不明白老师们为什么总被我的阅读量和我写的长词惹恼。他们会说："你是怎么回事，吃了字典吗？"为什么要这么刻薄呢？我猜大概是因为他们不喜欢外来者吧，他们对班上那两个吉卜赛孩子和那个混血女孩比对我还凶。

有一天，爸爸去了森林工人武装酒吧——卡尔顿仅有的三家酒吧之一。在吧台喝酒时，他听见两个男人在议论我们一家。"我听说那女的读过书。"其中一个人说，"但

1　一个多人小游戏，参加者数到三的倍数需用"fizz"（嘶嘶）代替，五的倍数用"buzz"（嗡嗡）代替。

男的就是个大老粗。"

爸爸给我们转述了这件事，妈妈替他愤愤不平，但他只是笑笑。"不用担心我。"他说，"我都习惯了。不管怎么说，他们说的也八九不离十。"后来，我们发现其中一个人就是 C 老师的丈夫。

爸爸自己也得念点书了。他在丧母之后就辍了学，一直在逃避自己不会读写的事实，总让朋友帮他填表，或者要是不得不去银行，就假装忘了戴眼镜。当时出台了一项新法规，要求他必须会写值班表，于是他在塞尔比报名上了夜校。由于工作排班的关系，他每三周只有两周能上课，于是他跟老师说自己只要学会造句就够了。别的学生都是没通过普通证书考试[1]的小年轻，管他叫老爷爷。我们家有一本红色的大书，印满单词的拼写；妈妈会同时考我和爸爸，我每次都赢。爸爸不明白这对我怎么那么容易，还以为我是个天才。

我家周围方圆几英里都没有一家书店，不过我们每星期五会去塞尔比逛超市，我可以挑一本书，作为我听话又

1　普通证书（O Level）考试为过去英格兰、威尔士的科目考试制度，低于高级证书（A Level）考试，通常在 16 岁时参加。1988 年被普通中等教育证书（GCSE）考试取代。

肯帮大人干活儿的奖励。我超爱伊妮德·布莱顿[1]的作品：《魔法树顶的国度》《五伙伴与狗》《七个小神探》《世界第一少年侦探团》。而且邻村斯内斯[2]也有图书馆。成人读物都在一楼，楼上全是童书。我们每周会去上几次，这对我自然是天大的好事，对马蒂却有点像一份苦差。我们每人能借六本书，我总是难以取舍，无法从一大撂想要的书中挑出区区几本。而马蒂只会抽出一两本书——还完全是因为妈妈的鼓励——然后把剩下的份额匀给我。我一到家就一心想以最快的速度把它们翻完，别的什么都不想做。我总是喜欢同时读好几本书，把它们留在各个房间或是搭在浴缸壁上。"你再不把这些书收好我就拿去扔了。"妈妈会冲我咆哮。真不讲理，我想。

天气恶劣的周末最幸福了。妈妈总说真可惜，我们不能去户外呼吸新鲜空气，可我一想到能待在家里、抱着一本书蜷在角落就喜不自胜。阅读能把任何一个平淡无奇的雨天午后变得美好。

我很确信我一弄懂什么是书就立刻想自己写一本了。

1　伊妮德·布莱顿（Enid Blyton，1897—1968），英国著名儿童文学作家，笔名为玛丽·波洛克（Mary Pollock）。
2　英格兰约克郡东区（East Riding）的一座小镇。

很小的时候，每次被问到长大想做什么，我都会说我想当侦探，要么就是当作家。没人把我的话当真。"不可能的。"总有人这样告诉我，"你要是特别用功，没准儿能在房屋互助协会[1]找份工作，说不定还能当个老师。"但我依然想当作家。不过除此之外我还想爬上魔法树，想跟一群小侦探一起破案，想睡在自己的小岛上，或是找到一只通向另一重天地的衣橱。也许成为作家也像这些幻想一样渺茫，一样奇异，一样遥不可及。

除了我父母，大多数人总在告诫我哪些事我不能做。相反，书籍却驱使我向前。从不设限。

多年来，我已经记不清有多少人告诉过我纳尼亚是他们自主阅读的起点。这或许是因为《狮子、女巫和魔衣橱》不但本身是个精彩的故事，也象征着每本书都是一份邀约，邀请读者推开一扇大门，找到通向另一个世界的路。想到小小一架子书本竟集中了如此广博的人类经验，人会感受到那份质朴与深刻。

但愿我仍会不断地梦回纳尼亚。我一向把这视作一项值得珍视的殊荣。或许有一天，我也会像佩文西家的几个

1　房屋互助协会（Building Society）是一家互助金融机构，主要提供储蓄、住房信贷等业务。

孩子一样变得老态龙钟。但我会永远把纳尼亚珍藏在心底。也许我真该听从那位老教授的建议："不要再走同一条路线。真的，千万别想方设法上那儿去。你不去找它，它自会出现。"但愿他是对的。

我时常重温的童书

儿时挚爱的读物，总能把我带回那段无忧无虑的时光，那时的我依然相信圆满的结局。每次跟儿子马特一起读我小时候读过的书，我都会感觉与他无比贴近。年龄的差距被抹去了，我们不过是两个任想象驰骋的孩子。

《柳林风声》 *The Wind in the Willows*
肯尼思·格雷厄姆[1] 著

蛤蟆、鼹鼠和河鼠的故事，脱胎于格雷厄姆在康沃尔郡驾车度假时写给儿子的家书。他从法尔茅斯的绿岸旅馆寄出这样一封信："你听说蛤蟆的事儿了吗？他压根儿就没被强盗掳走。这全是他可恶的小把戏。信是他自己写的——就是要求往树洞里放一百英镑那封。他在一天清晨跳出窗外，来到一座名叫巴格尔顿的小镇，走进红狮旅馆，在那儿遇见了一群刚从伦敦驾车赶来的人；趁他们吃早餐的工夫，他来到停车场，找到他们的汽车一溜烟开跑了，甚至连噗噗-噗噗都没

1　肯尼斯·格雷厄姆（Kenneth Grahame, 1859—1932），英国作家，凭借经典儿童文学《柳林风声》闻名于世。

说！现在他消失了，所有人都在找他，包括警察。他恐怕是个邪恶的小动物。"

《吉宁斯上学记》 *Jennings Goes to School*

安东尼·巴克里奇[1] 著

这套寄宿学校小说的作者是位教师，十分擅长刻画小男孩的形象，写出了他们活泼好动、轻率莽撞的风采。吉宁斯和达比希尔的糗事总能把我逗得前仰后合，书中古旧的语言也为小说增光添彩。我家有个规矩：马特可以骂我，但必须用书上的话。尽管跟出自《吉宁斯》系列的"没礼貌的扫兴鬼"相比，我其实更偏爱《纳尼亚传奇：黎明踏浪号》中那句"破天荒的讨厌鬼"，但规矩就是规矩。

《比格尔斯学飞行》 *Biggles Learns to Fly*

W. E. 约翰斯上尉[2] 著

第一次读这些战斗机飞行员的故事时，我比他们小得

---

1 安东尼·巴克里奇（Anthony Buckeridge, 1912—2004），英国作家，以吉宁斯和雷克斯·米利根系列儿童读物著称。

2 W. E. 约翰斯（W. E. Johns, 1893—1968），冒险故事作家，在第一次世界大战期间担任英国飞行员，通常以 W. E. 约翰斯上尉为笔名写作。

多，而现在，比格尔斯和他那帮朋友在我看来就是一群少年，他们也的确是。这套丛书如今已略显过时，但它们仍不失为优秀的冒险故事，引人讨论战争的无谓。这些故事也让人更加珍惜日常生活。我们有一阵子总互相说"别发牢骚了，能活着就不错了"，这就是比格尔斯的领航员马克对他说的话，当时他们不慎降落在战线另一侧，不得不游泳绕过带刺铁丝网。

《铁路边的孩子们》 *The Railway Children*
伊迪丝·内斯比特[1] 著

　　"可别忘了，女孩儿跟男孩儿一样聪明!"伯比、彼得和菲莉丝的父亲说道，话音刚落就被人带走了。这本书讲述了一位母亲如何面对丈夫蒙冤入狱的变故，这个温柔的英雄传说由她那个观察敏锐、聪慧过人、心地善良、永不言弃的女儿伯比讲述，显得格外震撼人心。我每次重读都至少会哭六次，几乎每次都在同样的位置。

1　伊迪丝·内斯比特（Edith Nesbit, 1858—1924），英国小说家、诗人，以 E. 内斯比特为笔名出版儿童文学作品。

《小妇人》 *Little Women*

路易莎·梅·奥尔科特[1] 著

我感觉马奇姐妹——梅格、乔、贝丝和艾米——似乎一直就是我生活的一部分。我觉得自己最像乔，对她假小子式的言行心有戚戚。小时候，我总是更喜欢跟男孩子而不是女孩子玩，而且我也像乔一样喜欢涂涂写写。我依然常常重温《小妇人》，尤其在圣诞节期间，因为它是一剂良药，能对抗毫无节制的节日消费。这部作品催人泪下，但我每次读完都心情舒畅，对自己安稳而温暖的生活心存感恩，庆幸我爱的人并不在远方的战场，也没患上猩红热。

---

1 路易莎·梅·奥尔科特（Louisa May Alcott，1832—1888），美国小说家，根据自身童年经历创作了名著《小妇人》。

书中的女孩们

八岁时，我发现书能抚慰身处逆境的人。那年我们搬到苏格兰住了几个月，爸爸在一座名叫卡斯尔布里奇的大矿找了份工。那里的学校很大，十分令人生畏，老师讲课我也不能全都听懂。P老师罚我站在一张椅子上，因为我说不出九乘七等于几。就在我满脸通红地站在所有人面前，眼里噙着泪花时，我想起《小妇人》中的艾米也有过类似的遭遇，因为她被老师发现夹带了一包腌渍酸橙。我心里顿时好受了些。

升班后，学校以一种侮辱性的方式分配座位，让我们写下想跟谁坐一桌。没人选我，于是我只好跟另一个不受欢迎的孩子同桌，就是那些整天拖着鼻涕的孩子中的一个。如果这是小说，我应该会跟他同病相怜，但我没有。我们只是坐在同一张桌子上，愁眉苦脸，垂头丧气。我不知怎么突然从聪明过头变成了笨头笨脑。

在学校没有朋友特别痛苦，不过我贪婪地读那些关于女孩的故事。我喜欢伊妮德·布莱顿的寄宿学校系列，像《马洛里之塔》系列和《圣克莱尔寄宿学校》系列。我也想打长曲棍球，想在午夜大吃特吃——姜饼蛋糕！沙丁鱼！——想成为那种能为别人挺身而出的人。我不记得自己是否知道现实中真的有寄宿学校了——不过我想上那种学校，就像我想去探访纳尼亚。

我对《木屋学校》[1]系列也很热衷，书中的故事发生在阿尔卑斯地区，那里的人们都得会好几门语言。还有《凯蒂做了什么》和《凯蒂在学校做了什么》[2]，以及《修道院女孩》[3]和 K. M. 佩顿[4]的《弗兰巴兹》。这些小说塑造了陷于不同道德困境的女孩形象，我喜欢设想自己遇上同样的情形会怎么做，希望自己也能做出正确的选择。

---

1 英国儿童文学作家埃莉诺·布伦特-戴尔创作的系列校园小说。

2 两部作品均为美国作家萨拉·昌西·伍尔西以笔名苏珊·库利奇创作的儿童文学作品。

3 英国作家埃尔茜·J. 奥克斯纳姆创作的儿童文学作品，为其《修道院》系列中的一部。

4 K. M. 佩顿（K. M. Peyton, 1929— ），英国儿童文学和青少年小说作家，代表作为《弗兰巴兹》。

妈妈每周都会给马蒂买《比诺》，因为那是他唯一会主动阅读的印刷品。她每天都读书给他听，我会跟着一起听《方格菌的奇幻旅程》和《垃圾场的斯蒂格》[1]，同时往往还读着自己的书。马蒂真正的爱好是去户外踢足球。他有许多小伙伴，所以我每次被妈妈赶到户外就会跟他们一起玩，妈妈总让我多出去呼吸新鲜空气。

我是个乖巧听话的孩子，可要是在睡前读到一本令人欲罢不能的书，我就不那么乖了。校园故事里的女生会在熄灯后钻进被窝打着手电看书。我没有手电，但在夏天，我睡下之后很久天都不会黑，所以我想了个办法，站在窗前，把头伸出窗帘，好继续读书。我必须留心楼梯上的动静，得赶在妈妈进来看我们之前穿过房间、钻进被窝。有天晚上，我读的故事实在太引人入胜，弄得我忘了留意门外的动静，结果被逮个正着。妈妈责备我不诚实。我从没从这个角度想过，整个人目瞪口呆。像在书中一样，这个家里最不可饶恕的罪过就是鬼鬼祟祟、谎话连篇。自那之后我就无书可读了，只能醒着躺在床上，盯着天花板编织各种关于寄宿学校、双胞胎和孤儿的故事。

---

1 《比诺》《方格菌的奇幻旅程》《垃圾场的斯蒂格》均为英国儿童画册。

一天早上我被马蒂弄醒，他在我床上蹦跳，嘴里嚷着："外公去世了，咱们得去康沃尔参加葬礼。"

　　妈妈在浴缸里流泪。"真可笑，"她说，"昨天我花了那么多时间担心马岛战争[1]的事，现在却后悔自己没用这一天来庆幸爸爸还活着。"妈妈的悲伤感染了我，不过像马蒂一样，我也有点兴奋，能几天不上学实在太棒了。直到葬礼那天早上看见棺材，我才真正意识到我亲爱的外公已经不在人世。

　　家里人都回苏格兰去了，我留下来陪外婆。前屋有只橱柜，是外公做的，里面放着一只叮当响的存钱罐，里面的钱准备捐给癌症研究，橱柜架子上还摆满了破旧的阿加莎·克里斯蒂作品，都是外婆从教堂义卖会买来的。我每读完一本，外婆就往存钱罐里放十个便士。我到周末就把那套书全读完了。

　　我们一家在苏格兰只住了短短几个月。有个跟爸爸当一班差的人犯了抢劫罪，却把工作当成不在场证明，推说自己案发时在井下干活儿。爸爸不肯替那人作证，警方希望他能出席审判。不久，那人纠集几个同伙把爸爸堵在工

1　指 1982 年 4 月到 6 月英国和阿根廷为争夺马尔维纳斯群岛（也称福克兰群岛）主权而爆发的局部战争。

地上的一间小木屋里，威胁爸爸。另一位工友提醒爸爸把妻儿送走。一天我们放学回家，妈妈说我们当晚就得出发，去外婆家住。

我还记得妈妈当时很焦躁，每天晚上都等着爸爸的电话。几天后，爸爸说矿上那几个大老板一点也不支持他，他忍无可忍，设法在莫尔特比[1]煤矿找了份工，立刻就可以开工。我们在约克郡的房子一直没卖出去，结果这反倒成了好事，我们欢天喜地地搬回了从前的家。我很高兴能回到老朋友们身边，我之前的学校此时也显得小而亲切。

现在回想起来，我惊讶于自己居然了解不少实情，不过我父母很厉害，把真相包装成我们能接受的样子，让我们既不至于蒙在鼓里，又能感觉受到了保护。这真有点像依妮德·布莱顿书中的情形，我也很钦佩爸爸能为真相挺身而出，不畏坏人的威胁。我很爱爸爸。他快活又和蔼，跟我大多数朋友的爸爸都不一样，那些爸爸——都像依妮德·布莱顿笔下的昆汀叔叔一样——脾气暴躁，受不了孩子吵闹。我也为爸爸的身世着迷，缠着他一遍一遍给我讲

1　位于英格兰前南约克郡，当时是一座采矿小镇。

他母亲去世那会儿的事，还有他辍学的经过。他比我认识的任何人都更像小说中的人物，一个孤儿，比我大不了几岁就跑到海上谋生。

或许我对孤儿爸爸的爱，能解释我为什么会如此长久地喜爱安妮·雪莉——就是 L. M. 蒙哥马利[1]作品《绿山墙的安妮》中那位"安妮"。安妮的父母在她三个月大时死于热病，多年来，她辗转了好几个家庭，最终进入孤儿院。被送到绿山墙与马修·卡思伯特马瑞拉·卡思伯特同住之后，她过上了梦寐以求的生活，他们也决定收养她，尽管他们原本希望来的是个男孩。他们教她念祈祷词，还送她上学，事实证明，安妮是他们的福星。

安妮系列小说是温和的世态喜剧，我喜欢其中的生活细节与详尽的家庭变迁。马瑞拉在出门去救助协会开会前同意安妮请最好的朋友黛安娜来家里喝茶，前提是不能用那套印着玫瑰花苞的茶具，那只有牧师来访时才用。马瑞拉也允许她们把教堂联欢会上剩下的紫梅酒喝完，但安妮却拿错了瓶子，斟了三杯马瑞拉自酿的葡萄酒，"把黛安娜灌醉了"。自那之后，黛安娜的妈妈就不

---

[1]　全名为露西·莫德·蒙哥马利（Lucy Maud Montgomery，1874—1942），加拿大作家，最知名的作品是始于《绿山墙的安妮》的安妮·雪莉系列小说。

准她们一起玩了，安妮伤心不已，不过一天夜里，大人们都去参加政治集会了，黛安娜的妹妹犯了喉头炎，安妮用一瓶吐根制剂救了妹妹的命。经过这件事，安妮收到了巴里太太的茶会邀请，巴里太太拿出了上好的瓷器茶具，还准备了水果蛋糕、磅饼、甜甜圈和两种水果蜜饯，安妮后来告诉马瑞拉，这感觉就好像她安妮是位地位尊贵的客人。这下安妮成了巴里一家的座上宾，不过她依然不断在别处陷入麻烦。

安妮跟我有许多共同之处。我也像她一样长着一头红发，也是话痨兼书迷，也曾因为老用高级词汇而被人取笑。安妮和她在学校的朋友们组建了一个故事俱乐部，都起了笔名。安妮的笔名是罗莎蒙德·蒙特莫伦西。鲁比·吉利斯写的故事里有太多关于求爱的情节，简·安德鲁斯笔下的传说总是太过写实，黛安娜则经常把人物写死，因为不知道该怎么安放他们。我一直想怂恿朋友们跟我一起写故事，但收效甚微。安妮最终成为一名作家，如今我自己也成了作家，书中那些我自幼喜爱的、关于挫折与抱负的情节依然令我感同身受。

这些书带给我无与伦比的阅读快感。本该温习加拿大历史的安妮却偷偷读《宾虚》，结果惹了麻烦。但她怎么也停不下来，一直读到得知战车比赛的结果才肯罢休。直到今天，我还是会在读到好书时产生同样的感受。我发现一旦陷入书中的世界、熟识了那些人物，中途停下就意味着痛苦。安妮让马修把一本诱人的书锁进果酱柜，等她做完作业再拿出来，这段情节让我想起自己每次在图书馆有多难专心工作，因为那些没读过的书仿佛在高声呼喊，博取我的注意，而我常常放任自己为它们分心。

我跟安妮有个共同的毛病，一个她在十三岁生日那天意识到的问题："我常犯的恶习是太多地耽于想象，忘记自己的责任。"[1] 我也常常因为干活儿时开小差看书而惹祸，还两次导致家中着火，因为我沉迷于手中的书本，忘了自己在做什么。一次我在做土豆华夫饼，煎锅着了火。另一次是学校因为下雪放我们回家，我又想出去玩，结果弄得浑身透湿，我决定把打湿的雨靴撑在脚凳上，架在我家煤炉的铁条上烤干。（对啊，我也不知道自己当时为什么会这么干。）我上楼去换我湿透的校服，顺手抄起一本书。我不记得是什么书了，不过我很愿意想象在滚滚黑烟涌到楼上时，自己读的正是安妮读书开小差那段。我飞奔

1　译文引自《绿山墙的安妮》，郭萍萍译，译林出版社，2010 年。

下楼，冲进厨房，打开橱柜寻找容器。我找到一只陈年的花街巧克力¹锡罐，往里面灌满自来水，不得不跑着接了几次水才彻底把火扑灭。事后我大哭一场，给正在上班的妈妈打了电话，坦白了错误。那个星期，我整个周末都在刮天花板上漆黑的烟痕。

我既喜欢安妮本人——我的同道中人——也喜欢书中那些女性之间的闲谈，关于谁会跟谁结婚、有人为什么会如此这般之类的闲言碎语。值得注意的是，这套书也避开了很多东西。我们看不到对月经或性的暗示，婴儿则是"神秘的梦"或"温柔的希冀"，由鹳带到人们身边。这与现实大相径庭，在现实中，我们女孩子被集中到学校的一间教室里学习关于月经的知识，男生们会在课后冲到我们面前，嚷着："你们来那个了吗?"吉尔伯特·布莱思²才不会这样呢，我想。

1　一种罐装巧克力，英国传统的贺年礼品。

2　吉尔伯特·布莱思是《绿山墙的安妮》中一个深受读者喜爱的重要角色，他是安妮·雪莉认定的第一个朋友，也是她的恋爱对象。

书中的孤儿

在书中，成为孤儿往往意味着打开冒险的大门，因为没有父母督促他们做功课、提醒他们准时睡觉，孩子们必须自己照顾自己。这或许是我第一次意识到小说与现实之间的落差——在现实生活中，成为孤儿绝不是什么好事。

《远大前程》 *Great Expectations*

查尔斯·狄更斯 著

圣诞前夜，匹普去墓地缅怀父母，在那儿遇见一名逃犯，答应帮他偷点吃的。一段关系就此开始，一直持续到匹普长大成人、有机会过上更好的生活。小时候我印象最深的人物——鉴于我读的是教室推车上的精简版——是赫薇香小姐，一位富裕的老姑娘，在被抛弃多年后依然穿着她的婚纱。

《简·爱》 *Jane Eyre*

夏洛蒂·勃朗特 著

"你以为，因为我穷、低微、不美、矮小，我就没有灵魂没有心吗？你想错了！"一场未完成的婚礼构成了《简·爱》

情节的中心。我们初识简时，她的父母早已死于斑疹伤寒，她正跟冷酷的姨妈生活在一起，被表亲们欺负。等到站上圣坛时，她爱上了罗切斯特先生，但她的幸福还远远没有到来。我能不断地重读这本书，每次总有不同的感悟。

《弗兰巴兹》 *Flambards*
K. M. 佩顿 著

克里斯蒂娜是位孤女兼女继承人，自母亲去世后就辗转于各家亲戚之间。在故事开头，她来到独断专行的舅舅一贫如洗的家中与他同住。舅舅有两个儿子：一个是马克，像父亲一样热衷打猎；另一个是威尔，骑马受了伤，正在养病，他痛恨骑马，渴望成为一名飞行员。克里斯蒂娜逐渐适应了新生活，在这个过程中，她发现叔叔正盘算着用她继承的遗产重现弗兰巴兹昔日的荣光。

《黛安娜》 *Diana*
R. F. 德尔德菲尔德[1] 著

父母去世后，约翰·利来到德文郡投奔亲戚，在那儿遇

---

1 R. F. 德尔德菲尔德（R. F. Delderfield，1912—1972），英国小说家、戏剧家。

见了黛安娜这个住豪宅的上流女孩，尽管成长背景迥异，两人还是开始了一段难得的友谊。黛安娜根据《洛纳·杜恩》[1]中一个人物的名字给约翰改名为"简"，他开始努力上进，希望自己能配得上她。多年后，简发现自己对黛安娜并不像她对自己那么重要。不久，战争改变了一切。

《金翅雀》 *The Goldfinch*

唐娜·塔特[2] 著

我初读这本书时已经成年，对西奥有种母亲对孩子的关切。西奥十三岁那年，纽约一座艺术博物馆发生了爆炸，摧毁了他的生活。他从废墟之中带出一幅小画，荷兰画家卡雷尔·法布里蒂乌斯的《金翅雀》，而这个小小的义举——抑或是偷盗行为——将为他的成年生活蒙上阴影。小说场景在美国东西海岸之间来回切换，随后又来到欧洲，与此同时，一群稀奇古怪的人物身陷种种生存困境，试图通过艺术、毒品和赌博谋生。

1　英国作家 R. D. 布莱克莫尔 1869 年出版的小说。
2　唐娜·塔特（Donna Tartt，1963— ），美国当代作家，《金翅雀》是其代表作。

亲爱的日记

1月1日，星期四

以下是我的新年愿望：

1. 我要扶盲人过马路。

2. 我要把裤子挂起来。

3. 我要把唱片放回封套。

4. 我不会学抽烟。

5. 我不会再挤痘痘。

6. 我要善待我的狗。

7. 我要帮助穷人和无知的人。

8. 昨晚听见楼下恶心的噪音后，我发誓绝不饮酒。

——《13¾岁的阿德里安·莫尔的秘密日记》

作者：休·汤森[1]

我初识阿德里安·莫尔，是在某次圣诞节前夕和朋友伊丝拉去约克市购物的时候。伊丝拉的妈妈林是位英语老师。她常常鼓励我，也喜欢我的滔滔不绝，完全不像另一些朋友的父母那样总对我指手画脚，怪我怎么这么喋喋不休，言语间毫不掩饰他们认为这不是什么好事。伊丝拉家的人管"茶点"叫"简餐"，我对此印象深刻，我喜欢待在她家，那里到处是书，还散发着某种气味，我始终没弄清那是什么，只知道是一种高级的味道。伊丝拉是"海鹦俱乐部"的成员，她有一本令人艳羡的剪贴簿，上面贴满戴安娜王妃的剪报。

　　伊丝拉的父母在我们七岁时离婚了，妈妈叮嘱我一定要对她格外友善。不久，另一个朋友的父母也分居了。"你跟爸爸是不会分手的，对吧?"我问妈妈，她让我不用担心。

　　我着迷于大人们的行为举止，特别喜欢观察他们。我父母办了个派对，邀请了林。她问我爸爸到时候会不会有好男人能与她共舞。

　　"来的都是些爱尔兰大老粗，林。"爸爸说，"他们说

1　休·汤森（Sue Townsend，1946—2014），英国小说家、剧作家，著有多部以阿德里安·莫尔为主角的作品，并以此而知名。

不定会踩到你的脚。"

林听了哈哈大笑。她很欣赏我爸爸，跟我说他是一块未经打磨的钻石。还有一次，她说可惜我妈妈读的是开放大学，因为这意味着她只完成了大学的学业，却没享受大学生活的乐趣。我把这话转述给妈妈，她说她很高兴能一边写论文一边把我们拉扯大，不过我以后还是应该离家去上大学，像林那样。

想到要去约克市，我兴奋极了。我们欣赏了颂歌歌手的演唱，又在一个路边摊买了芝士烤土豆吃。我们踏进一家庞大的书店，是我见过最大的一家，林买了一本《阿德里安·莫尔的秘密日记》，准备送给另一个女儿当圣诞礼物。伊丝拉很要强，什么都要胜妹妹一筹，所以她也用零花钱给自己买了一本，这样她就能享受赶在妹妹圣诞节当天拆礼物之前早早把它大声读完的乐趣。看得出，林对她这点小心机很恼火，却又无可奈何。

那天晚些时候，我俩窝在伊丝拉的房间里，她躺在床上，我坐在她的豆袋坐垫上，两个人轮流把这本书大声念给对方听。我立刻着了迷，不过很小心地不露声色。伊丝拉的好强不止针对她妹妹，我很清楚她一旦看出我有多喜欢这本书，就很可能啪的一声把书合上。实际上，我们那个周末就读完了全书，咯咯地笑阿德里安怎么那么在意自己私处的尺寸。

我知道我们肯定忽略了许多微妙的细节。阿德里安·莫尔的一大成功之处，就在于我们能从多个层面欣赏这部小说。它刻画了人在少年时代必经的痛苦，比如不得不顶着一颗新冒的痘痘——太吓人啦！——去上学，还讽刺了子女希望父母能谨守传统、满怀慈爱。阿德里安希望他的女权主义者妈妈能待在家里，给他吃预防青春痘的维生素 C，穿上他圣诞节给她买的金银丝围裙。这部小说也是天真叙述者的绝佳范例：阿德里安不明白他母亲和卢卡斯先生为什么会堵住厨房门说什么也不打开，但成年读者都对里面发生的事心领神会。

阿德里安本人也时常从文学中寻找慰藉。他在父母离婚时写道："我想世界上应该没人比我更不幸了。要不是有诗歌，我现在多半已经成了个胡言乱语的疯子。"

这本书富有浓郁的时代气息——你几乎能闻到速食鳕鱼的味道，听见奈杰尔[1] 款玩具四驱赛车嗡嗡作响——同时也经得起时间的考验。乔治·莫尔被解雇后，阿德里安

1　奈杰尔·曼塞尔（Nigel Mansell，1953— ），英国著名一级方程式赛车手、世界冠军，活跃于 20 世纪八九十年代。

的父母勉力维持关系，想找到平衡两人不同需求的方法，如今我能从这段情节中读出一丝伤感，这是我儿时不曾留意的。同样，在这个充斥着网络色情的时代，大多数孩子初次目睹性场面都是从操场上那些大孩子的手机屏幕里，相比之下，阿德里安只不过在床垫下藏了一大摞《波霸》杂志，这份单纯中透着某种凄楚。如今我不但比阿德里安年长，甚至比他父母还要年长。但愿我到了他祖母那个年纪依然健在，还能继续欣赏这部作品。我很好奇到那时，我会怎么看待他祖母去找当地恶霸巴里·肯特，向他讨回他从阿德里安那儿讹来的钱财这段情节。

最重要的是这本书妙趣横生，令人捧腹。阿德里安笔下学校组织的那场灾难般的大英博物馆之旅，想必是整个文学史上最令人喷饭的片段之一，其中写到弗辛顿-戈尔老师没能管住学生们，结果巴里·肯特溜到苏豪区，因盗窃"增大"霜和两只"套子"而被捕。

阿德里安·莫尔激发了我对日记体文学的终身兴趣，无论它们是真实还是虚构。我自己也曾无数次尝试记日记，不过每次都坚持不了多久。我早年的很多日记本都有真正的锁，我会在日记里编故事，写下想象中的对白，比如某个男生约我出去或是吻我，或是放学时送我回家，而我在现实中从没跟他们说过话。我常常为自己之前——有时不过是几周前——写下的蠢话羞愧，会用好几层塑料布把日记本裹起来，扔进屋外的垃圾桶，还要确保它们埋得够深，不会被翻出来。

一开始真正接触男生，我就不再在日记里胡编乱造了，不过我还是经常将自己写下的文字大把大把地扔掉。我想现在要是能让我看一眼那些陈年日记，我愿意付出一切，不过它们被安全地深埋在北部垃圾填埋场地下也未尝不是件好事。

《阿德里安·莫尔的秘密日记》还有好几部续集。它们都值得一读，却没有一部能像原著那样年复一年地令我着迷。现在我手上这个版本是初版三十周年时发行的纪念版，附有戴维·沃廉姆斯[1]写的导读，他在导读中相当精到地总结了阿德里安·莫尔经久不衰的魅力："生活是痛苦的，我们都需要笑一笑。"

1　戴维·沃廉姆斯（David Walliams，1971— ），英国喜剧演员、作家、电视明星。

日记体小说

日记形式的小说会给人一种美好的亲密感。日记更容易让人抛开质疑，忘记自己是在读虚构故事，沉浸在另一个人琐碎的生活细节之中。在所有令我信以为真的虚构人物当中，日记作者是最栩栩如生的一批。

《小人物日记》 *The Diary of a Nobody*

乔治·格罗史密斯、威登·格罗史密斯[1] 著

查尔斯·普特尔是一名小职员，与妻子卡丽住在霍洛韦一栋名叫"桂冠居"的房子里。他很担心自己的儿子卢平，后者跟粗俗的黛西·穆特拉订了婚，加入了当地一个业余戏剧社，还丢掉了工作。普特尔脸皮很厚，书中的笑料大都来自他的自吹自擂和自以为是，还有他对周遭事物的缺乏理解。这些日记最早在 1888 年的《笨拙》杂志上连载，时至今日，

1　乔治·格罗史密斯（George Grossmith，1847—1912），英国著名喜剧演员、作家、歌手，曾担任《泰晤士报》记者，其弟威登·格罗史密斯（Weedon Grossmith，1854—1919）是演员兼画家。《小人物日记》由两人合著，威登还曾为该书绘制插图。

它对人类的虚荣与愚蠢的观察依然那么犀利。

《BJ 单身日记》 *Bridget Jones's Diary*

海伦·菲尔丁[1] 著

　　另一部令人捧腹的日记体小说始于一份新年愿望清单（最终只实现了一条）。布丽吉特是有史以来最了不起的喜剧人物之一，而这部小说作为对《傲慢与偏见》令人捧腹的改编，也深情地揭示了我们自我完善的愿望背后可能有过怎样的心路历程。我常利用圣诞到新年之间这几天零碎的时间重温这本书，它总能令我振奋。

《凡人之心》 *Any Human Heart*

威廉·博伊德[2] 著

　　洛根·蒙斯图尔特亲历了 20 世纪所有的重大事件，也记录了自己的风流韵事与写作的艰辛，还有他同弗吉尼亚·伍尔夫、伊夫林·沃、詹姆斯·乔伊斯、毕加索等人的交往。战争期间，他饱尝爱与失去的滋味，也曾与温莎公爵及公爵

1　海伦·菲尔丁（Helen Fielding，1958— ），英国作家，《BJ 单身日记》是其代表作。

2　威廉·博伊德（William Boyd，1952— ），英国作家，编辑。

夫人发生纠葛。这本书我会反复重读。我喜欢它将虚构情节交织在真实的历史之中，让读者虚实难辨。

《绛红雪白的花瓣》 *The Crimson Petal and the White*
米歇尔·法柏[1] 著

这本书带我们穿过维多利亚时代最幽暗、最肮脏的街道，追踪威廉·拉克姆的命运。他爱上了妓院老板的女儿休格，她从十三四岁起就被男人们利用。日记的作者是威廉的妻子艾格尼丝，她为人单纯，不谙世事，甚至不知道什么是月经，也不懂什么是怀孕。直面人类最阴暗的行径从来不是件容易的事，但这本书的成功之处就在于休格拒绝让别人继续忍受自己曾经历的痛苦，给读者留下了一丝希望。

《不存在的女孩》 *A Tale for the Time Being*
露丝·尾关[2] 著

住在荒凉湾的一位名叫露丝的作家捡到一只被冲上海滩的 Hello Kitty 饭盒。盒子里装着一本日记和一些信件，它们

1　米歇尔·法柏（Michel Faber，1960—　），英国著名作家，生于荷兰，代表作有《雨必将落下》《绛红雪白的花瓣》等。

2　露丝·尾关（Ruth Ozeki，1956—　），美国当代作家，美日混血。

44

带读者走进一个叫奈绪的日本女孩的世界，她坎坷的人生经历令人不忍卒读。这是一部极不寻常又十分值得一读的小说，它以悲悯的笔调探讨了诸多令人不安的主题，同时又不断回到一个难题，即人应该如何度过生命中的艰难时刻。

《消失的爱人》 *Gone Gril*

吉莉安·弗琳 [1] 著

在小说开头，对于艾米·邓恩，我们唯一所知的就是她失踪了。她丈夫尼克悲痛欲绝，但在读到他对艾米失踪后的情况——她父母的悲恸、警察的怀疑——事无巨细的记录时，我们也有幸读到了艾米的日记，发现她对两人关系的描述与尼克截然不同。我不想透露太多情节，不过这属于那种我刚读完就立刻想重读的书，因为我想知道它到底是怎么写出来的。

1　吉莉安·弗琳（Gillian Flynn，1971— ），美国作家，凭借《消失的爱人》跻身美国最畅销作家行列。

图书馆的成人阅览区

小时候，我一旦沉浸在书中的世界就完全不想出门透气，这个毛病常常惹恼我的亲友。有一次伊丝拉来我家度周末，却气得够呛，因为我正在读芭芭拉·泰勒·布拉德福德[1]那本《一个真正的女人》，读得如痴如醉，不肯放下书本去招待她。可我就是放不下啊！我总是一进入故事就停不下来。中途暂停会让我浑身难受，那感觉就像有许多人在我脑中你一言我一语，而我却在危难关头抛下了他们。

当时我已经彻底升入图书馆的成人阅览区，正在狂啃阿加莎·克里斯蒂。我爱她笔下那个世界——火车、邮轮和乡间宅邸，某人会在这样的地方突然死去，只有等到赫

1　芭芭拉·泰勒·布拉德福德（Barbara Taylor Bradford，1933— ），英国著名畅销小说家。

尔克里·波洛或马普尔小姐出马理清头绪，秩序才会得到恢复。我好像从没想过自己在这些书里多半不会是家中的小姐，而更可能是蠢笨的仆人，清扫炉膛，端上饮品。尽管如此，克里斯蒂依然开始了我与犯罪小说一生的热恋，时至今日，这些书依然能带给我慰藉与愉悦。

我失望地发现学校并没开历史课，只有一门所谓的"人文"课，内容主要是没完没了地画岩层图。我从琼·普莱蒂[1]的书里自学了国王和女王们的故事，普莱蒂十分高产，她丰赡的著作在图书馆中独占了一整面书架。我陶醉在亨利八世[2]和他求子心切的故事里，为凯瑟琳·德·美第奇[3]着迷，她给敌人下毒，在丈夫与他那个年长情妇偷情时暗中窥视。后来我去一位老师家帮忙看孩子，在那儿发现了诺拉·洛夫茨[4]。洛夫茨的故事既写王室也写平民百姓。她那套以《联排别墅》为首的三部曲讲述了一群世

---

1 琼·普莱蒂（Jean Plaidy，1906—1993），英国历史爱情小说作家。

2 亨利八世（Henry VIII，1491—1547），英格兰国王亨利七世次子，都铎王朝第二任国王，1509 至 1547 年在位。

3 凯瑟琳·德·美第奇（Catherine de' Medici，1519—1589），法国王后，来自佛罗伦萨著名的美第奇家族。

4 诺拉·洛夫茨（Norah Lofts，1904—1983），英国畅销书作家，著有五十余部历史小说，也曾涉猎悬疑小说、非虚构、短篇小说等体裁。

代生活在同一片土地上的人物的故事。这套书我读了又读，惊叹于小说的叙述竟能在各个人物之间如此自如地切换，故事也往往能因为角度的转换而呈现新的深度。

我喜欢故事性强、情绪激烈的厚书。凯瑟琳·库克森[1]是我的最爱，《女孩》《美棱世家》和《哭泣的男人》我全都读过。我爸爸很容易流泪，每次听到悲惨的故事都会潸然泪下。他爱笑也爱哭，眼泪和笑容都比妈妈来得容易得多。我们常说在我们家，马蒂更像妈妈——逻辑缜密、沉着冷静、擅长数学，而我更像爸爸——情绪化、话痨、爱唱歌、爱听故事。一次，我们去爱尔兰参加一场葬礼，我看见那些大男人全都哭得稀里哗啦，很难想象我任何一个英格兰朋友的父亲会伤心成这样。那次大家唱了许多歌，讲了许多故事，我总是自告奋勇地站出来表演，让爸爸非常骄傲。

那时，电视剧《黛安娜》正在周日晚间播出，我因此迷上了 R.F. 德尔德菲尔德。我急不可耐，总是等不到下一集播出，于是索性从图书馆借来原著一口气读完，接着又开始读《终日为他们服务》。故事的主角是戴维·波利特-

---

1 凯瑟琳·库克森（Catherine Cookson，1906—1998），英国畅销书作家，位列英国最畅销小说家前 20 名。

琼斯，一名患有弹震症的威尔士士兵，1917年因病被遣散回家，在教师工作中找到了些许平静，尽管他厌恶办公室政治，也不喜欢他的大多数同事。二战爆发前夕，想到更多年轻人即将去战场赴死，戴维和读者都产生了强烈的倦怠。

唉，我为这些书流了多少泪啊！这些书中满是我感兴趣的那类社会史——那时的人接受怎样的教育，当地的报纸如何运营，女人怎样谈论月经、妊娠与工作——而且非常引人入胜，有许多令人失声惊叹的曲折情节。

考琳·麦卡洛[1]的《荆棘鸟》中有大量的性描写，小说讲述了梅吉·克利里的故事，她来自一个人丁兴旺的大家庭，是最年幼的女儿，与富有而诡计多端的姑妈玛丽生活在澳大利亚的一片牧场上。她疯狂地爱上了神父拉尔夫·德·布里克萨特。或许正是这本《荆棘鸟》惹得我的姬蒂姑妈大发雷霆。她从爱尔兰来我家消夏，责怪爸爸竟允许我读色情书籍。"她会把眼睛看坏的，"她说，"还会学坏！"

而且姬蒂姑妈还总想让我放下书本，多干点家务。她

---

[1] 考琳·麦卡洛（Colleen McCulloch，1937—2015），澳大利亚作家，她的作品《荆棘鸟》在1977年出版后成为澳大利亚最畅销的小说。

跟爸爸抱怨说我从没干过重活儿，还不停念叨我有多像爸爸一个私奔到英格兰、最终堕入风尘的姐妹。她在这儿待得并不愉快。看得出，爸爸想让她知道，那个当年初来乍到时身上还长着虱子的小男孩早已今非昔比，但她始终不为所动，瞧不上他的英国日子和英国孩子。

我读的历史小说都有大量的性描写——有时整段情节的走向都取决于某人能否怀孕——但现在，我开始读到人们具体是怎么做的⋯⋯这些书都很厚，有着反光的封面，标题以弯弯扭扭的字母书写。杰姬·柯林斯[1]、朱迪斯·克兰茨[2]、丹妮尔·斯蒂尔[3]——我飞速地浏览这些书籍，汲取新的知识，苦苦思索"清洗袋"[4]是什么东西。

随后，我从书架上抽出《伊莫金》，发现了阅读吉莉·库珀[5]的乐趣。伊莫金是一名图书管理员，出生于约

---

1 杰姬·柯林斯（Jackie Collins，1935—2015），英国浪漫小说家兼女演员，她创作的32部小说全部登上《纽约时报》畅销书排行榜。
2 朱迪斯·克兰茨（Judith Krantz，1928—2019），美国杂志作家、时装编辑，处女作《霓裳恋曲》为《纽约时报》畅销书。
3 丹妮尔·斯蒂尔（Danielle Steel，1947— ），美国小说家，目前全世界最畅销的作家，作品销售量超过8亿册。
4 盛放阴道冲洗液的袋子，冲洗阴道是当时常用的事后避孕措施。
5 吉莉·库珀（Jilly Cooper，1937— ），英国作家，非虚构作家，言情小说家，代表作为《拉特郡编年史》系列。

克郡一个牧师家庭，小说写的是她与身为网球选手的男友去法国南部度假时发生的事。我在本地图书馆还《伊莫金》时，柜台里那个女人——当时我觉得她可老了，不过她其实也就跟我现在差不多大——说："啊，这本书里有个图书管理员对吧？这书好看吗？"我的脸唰地红了。我立刻想到了书中的性爱场面，不知该如何作答。她都这么老了，应该不会对那种事感兴趣吧？

我读完了吉莉·库珀所有的小说——外加她关于帕特尼[1]当地生活的新闻报道合集。她笔下的人物往往是读书人、作家或记者，他们的魅力令我心醉。如今我依然热爱他们，总在新开一罐咖啡时想到他们，因为吉莉笔下的一个男人说他喜欢处女，就像喜欢砰地掀开一罐崭新的雀巢咖啡。

《骑手》[2]令我叹为观止。小学时，我们曾被带到卡尔顿塔[3]去观摩打猎出发仪式。天气严寒，马匹高大，男人们身着色彩斑斓的服饰，从银托盘上取酒。这段记忆帮我在想象中塑造了《骑手》描绘的世界，其中充斥着上等人、

1　伦敦西南部旺兹沃思区的一个地区，大伦敦主要的中心地区之一。

2　《拉特郡编年史》系列的第一部。

3　英格兰北约克郡塞尔比东南一座大型乡村别墅，属于哥特复兴式风格。

马匹和性。鲁珀特·坎贝尔-布莱克是一名场地障碍赛骑手，他富甲一方、放浪不羁，但天赋异禀，魅力十足。海伦·麦考利是个旅居英国的美国人，正在疗愈情伤，因为她与她的英语教授之间的婚外情以堕胎、精神崩溃和退学告终。英格兰气候寒冷，她的寄宿公寓里弥漫着猫的骚味，英国男人也让人大失所望，他们没有一个像达西、罗切斯特或希刺克厉夫，甚至好像都不怎么洗头。海伦进入一家出版社工作，可是"靠读书赚钱这个福利很快就黯然失色，因为那些手稿都写得很糟，几乎无一例外"。海伦有位同事叫奈杰尔，是个素食主义者，脖子像鹅颈一样纤细。他向她疯狂灌输左翼文学，带她跟他那群反对猎狐的朋友共度了一天。鲁珀特见到海伦，说她这么个美人不该跟那群抗议分子混在一起。他发现奈杰尔扎他那辆运马拖车的轮胎，把奈杰尔揍了一顿，还顺走了奈杰尔的电话号码簿，找到海伦的电话，约她见面。读者也像海伦一样，被勾起了好奇心。随着故事的发展，海伦与读者都被鲁珀特吸引、俘获，竭力抵挡诱惑却终究难以抵御。我知道自己不该这么喜欢鲁珀特，但我的确很喜欢他。

当时在学校，我们正在学习《简·爱》，了解才华横溢的勃朗特姐妹的生平事迹，她们居住在荒原上，生命逐一凋零。她们的父亲帕特里克来自爱尔兰，母亲玛丽亚则是康沃尔人，我觉得这或许喻示着我将来也会像她们一样，成为作家。学习莎士比亚戏剧是种折磨，因为我们几乎没人能读懂，我们一点一点痛苦地啃着《威尼斯商人》，每个人——无疑也包括我们可怜的老师——都觉得时间无比难捱。

我想我那时还没意识到人们会认为一些书比另一些优越，也不懂什么是严肃高雅，什么是低级趣味。我爸爸把阅读视作魔法，从没（至今依然没有）想过一些书会不如另一些书。当然，我应该已经发现自己写作文时只会分析简·奥斯丁而不是吉莉·库珀，但我记得我从不认为自己喜欢的书是垃圾读物或低级趣味，诸如此类。或许我的解释是：古人的作品都是经典，具有学习价值——比如莎士比亚、奥斯丁、狄更斯和勃朗特姐妹——而当代作品只供人消遣。

我学奥斯丁作品那阵子，我舅舅理查德把自己的精装本《傲慢与偏见》送给了我，书里有他工整的笔记——真希望这书还在——他还给我看了他读师范学院时写的一篇关于奥斯丁的作文。他在文中从头到尾都称她为"奥斯丁小姐"，于是我也有样学样。老师给我的作文打了 A+，却用红笔划去了所有的"小姐"，说我不必这么写。

后来我曾无数次重温《傲慢与偏见》，少说也有五十来遍，每次都不会失望。这是一个爱情故事吗？我想的确可以这样概括，但我最喜欢的却是那些虚荣自私的角色：贝内特先生和太太，男的如此高高在上，女的如此愚蠢鄙俗，还有那个令人生畏的柯林斯先生。"他会是个通情达理的人吗？"莉齐在读到他措辞浮夸的信时这样问父亲。这句话我自己也常常用到，通常是在描写各色男性政客或是那些自视甚高的人物时。我喜欢善妒的坏女人卡罗琳·宾利，特别心疼活泼好动的莉迪亚，她是几姊妹中年纪最小、胆子最大的一个，十五岁就跟威克姆先生私奔，与他姘居。按理说我们不该赞同她的所作所为，但随着年龄的增长，我愈发感到我们应该拥抱内心的莉迪亚，而不是一味想让自己变得像简一样端庄贤淑、像莉齐一样人见人爱。

当时我并没意识到，但或许我如此喜欢吉莉·库珀的原因之一，就是她书中的女人都坦然地享受性爱甚至通奸，却不会受到惩罚。总体而言，文学，或者说我当时读到的书籍，似乎都在惩罚性欲旺盛的女人。在我热爱的安妮系列中，鲁比·吉利斯有太多情郎，最终死于体力不支，成了林德太太见过的最美丽的一具尸体。我们很难不把这样的下场视作对她那些风流韵事的惩罚。而对于安娜·卡列尼娜和爱玛·包法利而言，臣服于欲望也没带来什么好结果。

亲爱的读者，得知我并不打算展开详述，你或许会松一口气——但我只想说，在这方面，文学并没让我在现实中做好任何准备。我从没遇见过任何跟吉尔伯特·布莱思、鲁珀特·坎贝尔-布莱克或马克·达西哪怕沾一点边的男人，就连威克姆都没有。大家都说 D.H. 劳伦斯的书香艳至极，但我认为《查泰莱夫人的情人》中的性描写十分古怪，读《虹》的时候，我不得不重读整个章节，只为弄清他俩究竟做了没有。

在读过《骑手》几年后，我交了个男朋友，他是社工党[1]成员，总在谈论他参加过的游行，但他在跟我交往的几个月里却没游行过一次，唯一的行动仅限于臭骂所有人，再就是酒后冲警察咆哮。我当时要是能意识到他有多像奈杰尔、我自己有多像海伦就好了，我也像海伦一样，渴望过上更多姿多彩、令人神往的生活。

1　社会主义工人党，简称社工党，是英国一个托洛茨基主义政党。

犯罪小说持久的慰藉

或许每个初涉阅读的人都会因为伊妮德·布莱顿笔下的故事而爱上犯罪小说。我从没完全弄懂自己为什么这么爱读悬疑故事——或许是因为秩序最后总会恢复吧。读阿加莎·克里斯蒂的小说就像做填字游戏，只不过读者无须冥思苦想。以下是几位我最心仪的侦探初次登场的小说。没有太令人不安的故事，也没有太过恐怖或现代的东西。

《斯泰尔斯庄园奇案》 *The Mysterious Affair at Styles*
阿加莎·克里斯蒂 著

这部创作于 1916 年、出版于 1921 年的小说，首次让我们得以从赫尔克里·波洛之友黑斯廷斯上尉的视角观察波洛这位传奇人物："波洛是个外表非凡的小个子男人，身高只有五英尺四英寸，但举止稳重庄严。他脑袋的形状像个鸡蛋，而且他还喜欢把头稍稍偏向一侧。他的胡子硬邦邦的，像军人的胡子。他的着装整洁得惊人，我深信，一粒灰尘落在他身上，简直比让他吃颗枪子儿还难受。这个时髦的小个子如今步履蹒跚，这让我很难过，可他原来是比利时警方最著名的成员之一。"[1]

《寓所谜案》 *The Murder at the Vicarage*

阿加莎·克里斯蒂 著

在圣玛丽米德的教区牧师责怪马普尔小姐散布流言时，这位上了年纪的小姐这样回答："你未免太不谙世事了。以我对人性的观察，恐怕最好不要对它抱有太高的期望。无所事事的闲谈是错误的、不仁的，但也常常是真实的，你不这么认为吗?"[2]普罗瑟罗上校在牧师的书房里被枪杀之后，正是马普尔小姐揪出了凶手。在漫长的职业生涯中，她始终认为自己之所以如此睿智，都是因为"人在一座村庄里能见证如此多的罪恶"。

《暗藏杀机》 *The Secret Adversary*

阿加莎·克里斯蒂 著

汤米和塔彭丝初次亮相，是在他们那场惊心动魄的冒险中，它发生在第一次世界大战结束后不久、两人穷困潦倒之际，牵涉到被盗的文件与跨国的阴谋。与波洛和马普尔不同

---

1 译文引自《斯泰尔斯庄园奇案》，郑卫明译，新星出版社，2013 年。

2 译文引自《寓所谜案》，赵文伟译，新星出版社，2013 年。

的是，汤米和塔彭丝生活在当代，这也让小说读来更加令人愉悦。后来他们在《犯罪团伙》中继续担任私家侦探，也是《桑苏西来客》中的中年间谍，而在克里斯蒂创作的最后一部小说《煦阳岭的疑云》中，年迈的他们仍在破案。这部小说发表于 1973 年，正是我出生的年份。

《灰色面具》 *Grey Mask*

帕特丽夏·温沃斯[1] 著

我是希娃小姐的铁杆粉丝，她会在客户面前引用丁尼生[2]的诗句——"若非完全信任我，就彻底不要相信"——还常常在办案过程中发展风流韵事。这些节奏缓和的谜案充满引人入胜的细节，包括食品配给、灯火管制[3]和当时电话线路的运行机制等等。《灰色面具》并不出众，却是愉悦人心的读物，再说了，既然打算通读整套作品，那么我想我不妨从第一本读起。

1　多拉·艾米·特恩布尔（Dora Amy Turnbull, 1877—1961），英国犯罪小说作家，以帕特丽夏·温沃斯（Patricia Wentworth）为笔名进行写作。
2　阿尔弗雷德·丁尼生（Alfred Tennyson, 1809—1892），英国著名诗人，桂冠诗人。后文诗句出自他的诗歌《倘若爱真是爱》。
3　在第二次世界大战期间，英国自 1940 年起实施食物配给、汽油限量供应等措施，并实施灯火管制，要求居民的窗户在入夜后不能透出灯光。

《谁的尸体?》 *Whose Body?*

多萝西·塞耶斯[1] 著

浴缸里发现了一具尸体，彼得·温西勋爵参与探案，揭开了一个关于嫉妒与复仇的故事。我以前有点受不了彼得勋爵那种上等人做派，不过后来我读到塞耶斯的一篇采访，她说自己在塑造这个角色时穷得叮当响，所以很享受那种赋予他万贯家财、让他有钱去参加艺术拍卖会、开着豪车四处转悠的感觉。《谁的尸体?》是她的处女作，不过我更喜欢《剧毒》之后的作品，在那个被控杀害情人的女作家哈莉·瓦恩出现之后。我最喜欢的一部塞耶斯作品是 1935 年出版的《俗丽之夜》，书中对女性是否必须在家庭与精神生活之间作出取舍的探讨十分有趣。

《秘密杀戮》 *Cover Her Face*

P. D. 詹姆斯[2] 著

亚当·达格利什是一位诗人兼警察。我读过 P. D. 詹姆斯

1　多萝西·塞耶斯（Dorothy Sayers，1893—1957），英国作家、翻译家。

2　菲丽丝·多萝西·詹姆斯（Phyllis Dorothy James，1920—2014），英国犯罪小说作家与政治家，以 P. D. 詹姆斯（P. D. James）为笔名出版了多部小说。

的所有作品，很喜欢她的人物总在发现尸体时互相引用莎士比亚的名句。刚接触她的作品时，我还以为现实中真有这样的人物，很想找到他们。后来我才不情愿地承认，在现实生活中，会引用莎士比亚的警察诗人可不太多见。

《变味的遗骨》 *A Morbid Taste for Bones*
埃利斯·彼得斯[1] 著

卡德法尔修士以一名十字军士兵的视角观察世界，在进入施鲁斯伯里修道院成为修士之前，他爱过一个女人。在这起疑案中，卡德法尔的几位徇私偏向的修士同僚打算把一位威尔士圣徒的遗骨据为己有。这套作品相当精彩，展现了人最光辉与最不堪的一面。卡德法尔修士会打理草药园，会开温和的玩笑，往往还能调和生活的不公，这样一个令人安心的存在具有很强的抚慰作用。

1　伊迪丝·玛丽·帕吉特（Edith Mary Pargeter，1913—1995），英国作家，以埃利斯·彼得斯（Ellis Peters）为笔名写作，代表作为中世纪侦探故事《卡德法尔编年史》系列。

你好，忧愁 [1]

    1989 年，在我十六岁时，我家搬进了斯内斯的贝尔与皇冠酒吧——对面就是图书馆——爸爸拿出在地底干脏活累活攒下的钱，换来了在自家酒吧给客人端啤酒的机会。我觉得自己就像诺拉·洛夫茨小说中的人物，会走进地窖——那是这栋始建于 1633 年的房子最古老的部分——想象这里从前发生过什么。

    我很快就适应了酒吧的工作，好像天生就是这块料似的。我喜欢酒吧里的闲谈和玩笑，喜欢认识这么多新朋友。星期五和星期六总是忙得不可开交，工作主要是尽可能快地把酒端上桌，不过到了工作日晚上，大家会在店里分组玩游戏。我会在星期一和星期三晚上跟大家一起玩飞

1　标题为法语。

镖，而每到星期四，我总会跟男人们一组。我学会了多米诺骨牌；还学会一个叫"五与三"的游戏，其实就是大人版的"嘶嘶嗡嗡"，不过现在我轻易就能算对。我尤其喜欢围绕比赛进行的对话。

爸爸常说感觉自己像告解室里的牧师，因为总有人向他倾吐秘密，不过我得知的那些秘密大都是偷偷听来的。我从不声张。我对揭发检举不感兴趣，只是很庆幸除了书中的人物，我还可以了解生活中的人。在阿加莎·克里斯蒂的小说中，底层人士往往因为所从事的工作或所穿的制服而面目模糊，你甚至可以换上管家、女仆、警察或乘务员的制服去犯罪而丝毫不必担心有人会直视你的双眼或把你当人看待。酒吧女招待的身份也同样会让人无视我的存在。人们常常忘记除了那双倒啤酒的手，你其实还有耳朵和大脑，所以他们会在你面前畅所欲言，若不是你的身份让你变得透明，他们是绝不会这样做的。所以我惊讶地瞪大眼睛、竖起耳朵；我已经知道一座小小的村庄就能教给你人生所需的全部知识，因为这正是马普尔小姐如此睿智的原因。

从吧台里观察大人们的言行是件令人着迷的事，尤其是在他们几杯酒下肚、完全不知道自己透露了哪些秘密时。有时我会比当事人更早知道一段恋情即将发生。那时我已经知道年长的人显然依然对性抱有兴趣，几乎跟我的同龄人一样容易在小巷或汽车里发生关系。区别只在于他们要隐瞒的人是伴侣而非家长。

这片新天地里很少有人读书。"书本知识可没法帮你找到老公，"一天，一位顾客在得知我想上大学之后对我说，"你得当心，可别嫁不出去了。"不过他们很高兴听到我将来想从事写作："把我写进书里吧，亲爱的，我可是历经沧桑啊。虽说没人会相信吧。"

我每天都乘公共汽车去斯肯索普[1]，我在那里修高中英语、法语和戏剧研究课程。斯肯索普也在另一个层面上拓宽了我的世界。起初我并不起眼，跟那些名校出身的孩子相比，我不过是个乡下来的土包子。他们不少人都是教师子女，这在当时的我看来就是修养的最高境界，我想象他们会在早餐桌上探讨诗歌。在早年的一篇作文中，我写到某人在"脑海中描绘图画"，老师用红笔圈出这句话，批注道："你是指'想象'吗?"没错，那正是我想说的！我学到许多新词，比如在书上做笔记叫"作注"。可我第

---

1 英格兰东部北林肯郡的一座工业城市。

一次试着用这个词——还相当得意地想致敬菲利普·拉金[1]的《布里尼先生》——就用错了，把它写成了"醋酸钠"[2]。我依然记得自己在同学的笑声中羞得满脸通红，脸上火辣辣的。

不过其实一切都很顺利。我有篇分析西尔维娅·普拉斯[3]作品《钟形罩》的作文得了A，我还在读过艾伦·贝内特[4]的一部戏剧作品后学会了吃橄榄，剧中有个女人就吃了这东西。

那座图书馆的规模令我难以置信——大得像我们学校的礼堂——我一头扎进了自己的阅读清单。《游泳池更衣室》[5]《橘子不是唯一的水果》[6]《我知道笼中鸟为何歌唱》[7]《紫色》[8]和《这是不是个人》[9]开阔了我的视野，打开了

---

1 菲利普·拉金（Philip Larkin，1922—1985），20世纪英国著名诗人，小说家、爵士乐评论家，1984年被授予英国桂冠诗人称号，但他拒绝了这项荣誉。

2 "作注"（annotate）与"醋酸钠"（acetate）拼写相似。

3 西尔维娅·普拉斯（Sylvia Plath，1932—1963），美国著名女诗人、小说家，"自白派"诗歌浪潮的代表人物。

4 艾伦·贝内特（Alan Bennett，1934— ），英国剧作家、编剧、演员和作家。

5 英国作家艾伦·霍林赫斯特1988年出版的小说。

6 英国作家珍妮特·温特森1985年出版的小说，曾获惠特布莱德奖。

7 美国作家玛雅·安吉洛1969年出版的自传。

8 美国作家艾丽丝·沃克1982年出版的小说。

9 意大利作家普里莫·莱维关于奥斯维辛集中营经历的回忆录，出版于1947年。

一个美丽的新世界。接着，我发现了诗歌：菲利普·拉金、西尔维娅·普拉斯、特德·休斯[1]和托尼·哈里森[2]。利兹·洛奇赫德[3]访问了我们学校——这是我第一次见到作家本尊——叮嘱我们要去日常生活中寻找诗歌。她给我们朗诵了一首诗，是根据她在更衣室里听到的一段对话创作的。自那之后，我开始记录人们在酒吧里的谈话，琢磨着怎么用它们写个故事，尽管我还是觉得自己的经历不够丰富。我渴望刺激与冒险——不仅因为我想活得精彩，更因为我希望有写作的素材。

我读的第一部朱利安·巴恩斯[4]作品是《伦敦郊区》。故事始于1963年，十六岁的叙述者克里斯托弗试图打破学校与郊区沉闷的生活。后来，小说写到克里斯托弗去了巴黎，在那里从事研究，住进一栋地板嘎吱响的单间公寓，经历了恋爱、友谊，还遇见了自己的妻子。我也能过

---

1 爱德华·詹姆斯·休斯（Edward James Hughes，1930—1998），常称特德·休斯，英国诗人、儿童文学作家。

2 托尼·哈里森（Tony Harrison，1937— ），英国诗人、翻译家、剧作家。

3 利兹·洛奇赫德（Liz Lochhead，1947— ），苏格兰诗人、剧作家、翻译家、播音员。

4 朱利安·巴恩斯（Julian Barnes，1946— ），英国后现代主义作家。《伦敦郊区》是他的处女作，他的代表作包括《福楼拜的鹦鹉》《终结的感觉》。

上这样的生活吗？我问自己。我是否也能住在巴黎，参观美术馆，广交朋友，跟真正的法国人做爱？

我读的那本《伦敦郊区》是从图书馆借来的，不过后来我自己又买了一本。我的房间就在酒吧楼上，房间里的书架已经开始变形，白色书脊的薄书逐渐取代了封面反光的厚书。我读了《10½章世界史》，比上一本还要喜欢，尤其喜欢那半个描摹爱情的章节，我会对任何愿意倾听的人斩钉截铁地说：巴恩斯"很会写爱情"。其实回想当时，我很想嘲笑自己不知天高地厚，但我或许不该这样，因为当年的我说得没错。巴恩斯的确擅长刻画爱情。比如这段："我们对爱情一定要精确。啊，你是要具体描述，对吧？她的腿是什么样子，她的乳房，她的嘴唇，头发又是什么颜色？（哦，对不起。）不对，对爱情要精确的意思是体贴人心，关照它的脉动，它的定数，它的真情，它的力量——以及它的缺陷。"[1] 写得真好，不是吗？

难怪我会迷上书本，因为在现实生活中，我在酒吧服务的男人常常会肆无忌惮地问我其他部位的毛发是不是也跟头发一个颜色。安妮·雪莉在后来的丈夫吉尔伯特·布

1　译文引自《10½章世界史》，林本椿、宋东升译，译林出版社，2021年。

莱思管她叫"胡萝卜"时用一块石板敲他的脑袋。而我唯一能做的只是反复锤炼那种没精打采的眼神，指望将来能加入更有营养的对话。

至于下一步该怎么走，《福楼拜的鹦鹉》决定了我的命运。我决定大学选法语专业，这样就能去国外待一年，住在我的巴黎阁楼上，读法语原版的《包法利夫人》，同时四处游历，啜饮咖啡和红酒，变得见多识广。

《你好，忧愁》[1] 是我用法语读的第一本真正喜欢的书。我最初不得不艰难地啃完亨利·特罗亚[2] 的《维欧》，可是我才不想读关于小孩子的无聊故事。我渴望的是激情、性与悔恨，这些我都在《你好，忧愁》中找到了。还记得翻过最后几页时，我在公共汽车的车窗里瞥见了自己的倒影。那就是我，我想。我在用法语读一本小说。

那年我十七岁，与书中的叙述者塞西尔同龄，只比作者弗朗索瓦丝·萨冈[3] 出版这部小说时小一岁。《你好，

1　法国女作家弗朗索瓦丝·萨冈的处女作兼成名作。

2　亨利·特罗亚（Henri Troyat，1911—2007），法国作家，生于俄罗斯，十月革命后随父母移居巴黎。20 世纪 30 年代开始从事文学创作，尤其以传记文学著名。

3　弗朗索瓦丝·萨冈（Francoise Sagan，1935—2004），法国著名女作家，1954年年仅十八岁时出版《你好，忧愁》，一举夺得法国批评家奖。

忧愁》出版于1954年，在法国因恶名昭著而轰动一时，并于一年后横渡英吉利海峡。英文版标题照字面意思应译作"Hello Sadness"，在英语中很是拗口。"So，this is sadness"（所以，这就是忧愁的滋味）之类的短语或许会更贴切些。

塞西尔具有强大的感染力与生命力。她母亲在她两岁那年去世，我们之所以知道，是因为她说父亲雷蒙已经丧妻十五年了。他为人亲切、慷慨、有趣，有一连串性感而庸俗的情妇供他取乐。塞西尔对此处之泰然，但在雷蒙宣布要迎娶一位善解人意的年长女子时，塞西尔担心这会断送自己的自由。她开始阻挠这段感情，而且比她料想的成功。《你好，忧愁》只有区区三万词篇幅，却刻画出青春的自傲与笃定，也写出了纯真破灭的那个瞬间，那一刻，我们意识到世界比我们想象中更加残酷、复杂。

我很想就此搁笔，让十七岁的我——好奇、顽固、开放、鲜活，并不像她自以为的那么聪明，疯狂地渴望冒险，想要体验生活——停留在那个时空，但是我必须告诉你接下来发生了什么。我在斯肯索普的第二年夏天，就在我成为斯内斯地区有史以来最年轻的女子飞镖锦标赛冠军两个月后，在我弟弟马蒂拿到全校第一的考试成绩前两周，他在酒吧附近一条漆黑的公路上被一辆汽车撞倒。他再也没能从重伤中恢复，我在某种程度上也是。"你好，忧愁"，一语成谶。

关于酒吧的书

在文学作品中，店主的形象通常都不大正面。这些人往往贪婪、好色而暴虐，或是与黑道同流合污。犯罪小说都很擅长描写酒吧。伊恩·兰金[1]笔下的侦探雷布斯花了不少时间给酒吧捧场。我喜欢罗伯特·加尔布雷思[2]创作的科莫兰·斯特莱克系列小说，尤其是这位侦探的家乡——圣莫斯[3]的维克多——还离我在康沃尔的住地很近，而且在伦敦，我也常去斯特莱克常在办公室附近光顾的那几家酒吧。乔吉特·海尔[4]的小说中出现了不少旅店和驿站，店主往往属于正直善良的类型。在肥皂剧中，酒吧作为社区的核心占据着引人瞩目的位置，正像我家的酒吧那样，当我着手创作一部围绕酒吧展开的小说时，我发现自己写的俨然是一部北方版的《东区

---

1 伊恩·兰金（Ian Rankin，1960— ），苏格兰犯罪小说家，最著名的作品是《雷布斯探长》系列。
2 英国作家 J.K. 罗琳的笔名之一。
3 康沃尔郡南海岸罗斯兰半岛上法尔茅斯对面的一个村庄。
4 乔吉特·海尔（Georgette Heyer，1902—1974），英国小说家，主要创作爱情小说与推理小说。

人》》[1]。"蓝色山猪"是圣玛丽米德村的酒吧，不过当然，马普尔小姐从没进去过。

《路边旅店》 *A Wayside Tavern*

诺拉·洛夫茨 著

洛夫茨虚构了一间旅店中形形色色的住客，从罗马时代一直写到 1975 年，也就是她完成这本书那年。"独牛"最早是一家铺着拼花地板的酒肆，后来发展成一家驿站，接着成了一间酒吧，最后变成一家餐厅。在漫长的岁月中，书中的这个家族经受了重重挑战，从侵略战争到竞争对手开门迎客，再到邮车改道。洛夫茨的"萨福克郡三部曲"中也有不少关于酒吧的内容。她很善于刻画普通人在时代变迁中的动机与欲望。

《牙买加客栈》 *Jamaica Inn*

达芙妮·杜穆里埃 著

母亲过世后，玛丽·耶伦离开赫尔福德去跟佩西斯姨妈和姨父乔斯·梅林生活，这位姨父就是牙买加客栈的主人。早在她前往客栈时，路上遇见的人就纷纷劝她远离那地方。

---

1 《东区人》是英国一部长篇电视肥皂剧，自 1985 年 2 月 19 日开始在英国广播公司一台播出，迄今已播出超过 5000 集。

71

那间客栈是个古怪的所在，店主是个粗犷、残酷、嗜酒成性的男人。这部诡异而令人不安的小说源自达芙妮·杜穆里埃20世纪30年代与朋友在博德明沼泽上的一次骑行，她在那里见到了现实中的牙买加客栈。

《野美人号》 *La Bella Sauvage*

菲利普·普尔曼[1] 著

　　这是普尔曼创作的系列小说《尘之书》三部曲中的第一部，我们在这里第一次见到了尚在襁褓的女主人公莱拉。向她伸出援手的少年马尔科姆是店主家的儿子。他父母的酒吧开在河岸边，名叫"鲑鱼"。同为酒吧老板子女的我在马尔科姆身上找到了一位同道中人；你必须随时准备搭把手，你会见证或听说许多事，都是大多数孩子闻所未闻的，这往往很有意思，不过偶尔也令人担忧。

《悲惨世界》 *Les Misérables*

维克多·雨果 著

　　这或许很能说明我那时是个怎样的青少年：第一次跟朋

1　菲利普·普尔曼（Philip Pullman，1946— ），英国小说家，畅销奇幻小说《黑暗物质三部曲》作者。

友而不是父母外出度假时——十六岁那年去马略卡岛 ¹——我随身带了一本《悲惨世界》，在跳舞、豪饮与海滩日光浴的间隙读书。德纳第先生是个无赖店主，音乐剧把他鲜活的形象呈现在更多观众面前。他与妻子从不错过任何一个有利可图的机会，堪称出色的反派二人组。我和爸爸经常在星期天晚上的酒吧歌会上唱他俩的曲目《一家之主》。

《寻欢作乐》 *Cakes and Ale*
W. 萨默塞特·毛姆 著

这部小说主要发生在伦敦的文艺圈，而不是酒吧，不过我之所以把它归入此类，是因为它对罗西·德里菲尔德的塑造，罗西的丈夫泰德将在晚年成为一位著名作家。我们的叙述者结识德里菲尔德夫妇时还是个学生，着迷于关于罗西的流言，据说她曾在铁路徽章酒店和威尔士亲王羽毛酒店当过酒吧女招待，而且似乎丝毫不引以为耻。罗西说："我当女招待那会儿，真的挺快活，不过当然谁也不能一直干下去，你得想想自己的将来。" ²

1　西班牙巴利阿里群岛的最大岛屿，位于西地中海。
2　译文引自《寻欢作乐》，叶尊译，译林出版社，2013 年。

《水底月》 *The Moon Under Water*

乔治·奥威尔[1] 著

这是一篇寻访完美酒吧的散文。奥威尔希望掷飞镖运动能被限制在公共吧台[2]区域，以降低误伤的概率，这让我好奇他光顾的都是怎样的酒吧，因为正派的飞镖手绝不会给任何人带来危险，虽说有时，一些飞镖会因为角度刁钻而弹到一边。他还要求酒吧聘请能熟记顾客姓名、关心顾客生活的女招待。我一向如此。

1　乔治·奥威尔（George Orwell，1903—1950），英国著名作家、新闻记者和社会评论家，代表作有《1984》《动物农场》等。
2　指英国酒吧里陈设相对朴素、饮品相对便宜的吧台区域。

意外之后

经历了如此重大的变故——如今我把这次意外视作一枚手榴弹，在我可爱的小家里爆炸——人很难让生活继续。

马蒂并没在被撞当晚去世，但他再也没能醒来。我最初会从梦中惊醒，如释重负地以为整件事不过是一场梦，又立刻被残酷的现实打败。当时我卧室的墙上有面镜子，我会起身坐在床边，一面试着正视现实，一面凝视着自己疯狂而悲伤的双眼。我脸上常有一道印迹，是我睡前读的那本书的书脊留下的压痕。这道痕迹总能——像乌云背后的一线光明那样，总是微微地——令我振作，刚够支撑我起床投身新的一天。

后来那几年，我四处游荡，步履蹒跚，不知该如何自处，只发现酒精能有效地麻痹情感。我一个字也写不出来，把日记扎成一捆扔进了酒吧背后的垃圾场。书倒是对我很有帮助，主要是因为我不想醉到连字都看不清。我无法独自面对脑海中的思绪，所以必须迫使自己读书，直到亮着灯睡去。我会在几小时后醒来，手中还抓着书本。

我并不是靠某本特定的书熬过那段日子的；我的救生艇更像是阅读本身，它让我浮在水面，不至于沉没。人们往往对以阅读逃避现实的做法有些不屑，但我相信这就是文学最伟大的力量之一：慰藉，安抚，给人一片小小的绿洲——或许它并不全然令人愉悦，不过我们不妨把它视作一个喘息之机，否则我们会感觉自己随时可能溺毙在苦海之中。我阅读是为了转移注意力，而不是为了寻求人生的真谛，我会飞速地翻阅从慈善商店淘来的阿加莎·克里斯蒂和乔吉特·海尔作品，我起初是为了读浪漫爱情而选择后者——那些书的封面散发着相当浓郁的情色气息——后来却折服于她的睿智与魅力。埃利斯·彼得斯的卡德法尔系列悬疑小说也带给我不少安慰。我会一口气把它们读完，再从头读起。

我在这段灰暗的时期也发现了一些作家，印象最深的是玛丽·韦斯利 [1]。《不是那种女孩》从内德·皮尔去世后

---

1 玛丽·韦斯利（Mary Wesley，1912—2002），英国小说家，当时英国最畅销的作家之一。

写起，他的遗孀在他死后回首人生，发现自己一直爱着另一个人。书中的故事大都发生在战争年代，包含大量精彩的历史细节——从 1939 年 9 月那些炎热的日子，"白厅[1]用沙袋把自己层层包裹，伦敦居民则穿起了卡其色和蓝色的衣服"，一直写到敦刻尔克，写内德在那里用头盔采集醋栗，再写到战争结束前夕，罗斯与情人麦洛躺在切尔西区一间借来的公寓里的床上，听着 V1 火箭[2]怪异而不祥的声音"呼啸着一路乱窜，穿过伦敦，落在哈罗"。

从斯内斯到斯肯索普的路途很远，我很喜欢在路上看韦斯利小说中的上等人在乡下和伦敦的生活细节。内德带罗斯去卡地亚店挑订婚戒指，在白宫酒店给她买内衣。他在特朗波理发店[3]或潘海利根[4]理发店给头发上油。买书则去哈查兹[5]书店，尽管罗斯结婚前曾在福伊尔书店[6]的洗手间查阅过一本新手性爱指南。男人们聚在俱乐

---

1 白厅是伦敦市中心的一条街道，乃英国政府中枢所在地，因此也成为英国政府的代名词。
2 德国在第二次世界大战期间研发生产的一种地对地火箭。
3 伦敦历史悠久的男士理发店。
4 英国老牌香水品牌。
5 哈查兹书店号称英国最古老的书店，由约翰·哈查德于 1797 年创立。
6 英国一家连锁书店，最著名的分店位于查令十字街。

部吃罐虾[1]和牛排腰子布丁[2]。内德带他的情妇去夸利诺餐厅[3]吃午餐，那女人趁他暂时离席把找给他的一些零钱揣进了衣兜。麦洛每次在法国埃居酒店喝得酩酊大醉之后——试图以此忘却伦敦惨遭摧毁的模样，压抑自己内心的反感，因为有人要求他监视自由法国[4]行动队，他正护送他们横渡英吉利海峡——都会去找皮卡迪利的一位药剂师赫佩尔斯开点美国提神醒脑药。在西班牙的战俘营，他给罗斯写了封信，大部分内容都遭到了审查。余下的内容是这样的："困在这里打桥牌句号我永远不会忘记紫丁香与玫瑰[5]句号。"

阅读人们在战争阴影之下生活的故事对我是否有益？我想是的。在现实生活中，我面临的问题之一就是同龄人似乎都对痛苦毫无概念。他们谈论的是考试、间隔年和犯错的男友，而我则坐在医院，陪在弟弟身旁，艰难地接受他不会再好起来的事实。这让我感觉自己与同龄人格格不

---

1 英国兰开郡的一种传统食品。

2 一道将牛排与羊或猪的腰子切碎作为馅料包裹在面中蒸制而成的菜肴。

3 伦敦市中心的一家餐厅，20世纪30到50年代很受英国贵族及王室欢迎。

4 原法兰西第三共和国国防部次长夏尔·戴高乐1940年6月在英国建立的流亡政府。

5 "我永远不会忘记紫丁香与玫瑰"原文为法语。

入。不过我从玛丽·韦斯利的小说中认识了波莉，她的兄弟沃尔特溺死在潜水艇上，我还认识了维多利亚，她在一天之内得知了兄弟和未婚夫两人的死讯。她俩都与我年纪相仿，这缓解了我的孤独，虽说我的互助会成员全是虚构人物。

小说独特的运转机制——处在每个故事核心的都是从出现冲突到解决冲突的过程——决定了小说中处处是历尽艰辛且往往能战胜困难的人物。书籍是一门大师课，教我们如何让生活继续。

战争背景的小说特有的强度是我喜欢它们的一大理由。当我在马路上跪在马蒂身旁、在加护病房守着病床上的他时，我对自己生命的感知也尤为强烈。与死神擦肩的经历能让人的感官变得敏锐，而最好的战争小说——或者说我最喜欢的战争小说——正是那些指出生命正因脆弱而更有滋味的小说。作为读者，我愿意看到战争往往能促使人物打破常规。人们想尽办法趁来得及的时候抓住生活中的一切，而道德则被弃置一旁。我们也许活不到明天，他们会想，所以为什么不今天就上床呢？

韦斯利小说中有许多喝黑啤、吃牡蛎的人物。内德休假后跟罗斯在威尔顿餐厅吃午餐，每人吃了一打牡蛎。罗斯身体不适，只好看着内德灌下两品脱健力士黑啤，又吃掉了两个人的黑面包，随后，她跟他来到车站，在刮着穿堂风的站台上和着警卫的哨音吻他。内德奔赴战场，罗斯回到家中，患了肺炎。她养病期间也吃了牡蛎。

"我们就像玛丽·韦斯利小说中的人物。"我告诉爸爸，当时我们正在克罗宁餐馆吃牡蛎，那间餐馆坐落在爱尔兰南海岸的克罗斯黑文村[1]。那是马蒂出事几年后，当时我们正在看望爸爸的亲人。返程时，我们在去搭渡轮的途中到都柏林住了一晚，看了布伦丹·贝汉[2]的《劳教所男孩》。电影很欢快，表演很热烈，我们看得哈哈大笑。我们都是负伤前行的人，被伤害马蒂的那场爆炸溅射的弹片伤得很重，但我们依然竭力蹒跚向前，享受我们所能得到的爱与欢乐。

是的，我曾对回归正常生活充满抵触。只要马蒂需要，我想一直照顾他，然后当个护士——这念头真是荒唐，我会是个糟糕的护士——但我父母还是强烈主张我去

1　爱尔兰科克郡的一个村庄。
2　布伦丹·贝汉（Brendan Behan，1923—1964），爱尔兰诗人、作家和剧作家。都柏林人，爱尔兰共和军的成员。1939年因涉嫌恐怖主义被捕，1942年再次被捕。

上大学，于是我决定去利兹读书，因为马蒂曾在那里住院九个月，那能让我感觉离他不远。

利兹离斯内斯只有半小时车程，但上大学对我而言就像纳尼亚一样，是通往另一个世界的大门，那里的人，譬如我的新闺蜜索菲，很可能真的上过寄宿学校、玩过长曲棍球。直到那时，我认识的最有学问的人还是教师及其子女。鉴于从小就有人嘲笑我说话太装、用词太长、聪明过头、自以为是、太爱发表高见、牙尖嘴利迟早会自讨苦吃，我略带惊讶地发现，跟我在利兹见到的人相比，我自己不仅平凡，而且平庸。我意识到"你在哪上的中学?"这句话并不是在问地点，也习惯了有人夸我这个公立中学毕业生谈吐不俗。我眼看另一些普通人重塑自己的身份——有个叫艾伦的用起了自己那个不那么平民化的中间名丹尼尔，还有个叫朱莉的变成了朱莉娅——不过我差不多还是老样子。伊夫林·沃[1]的《故园风雨后》和菲利普·拉金的《吉尔》这类书籍，让我相信把自己打扮成另一个人是最糟糕的事。而在《女大学生安妮》中，安妮·雪莉始终脚踏实地，尽管她刚进入雷德蒙大学时有些手足无措。不

1　伊夫林·沃（Evelyn Waugh，1903—1966），英国小说家、传记及旅行书写作家，也身兼记者和书评人。代表作有《故园风雨后》《一抔尘土》等。

过我确实把荣爵特大号香烟升级成了万宝路淡烟，也开始说午餐而不是午饭、简餐而不是茶点。

回家过圣诞时，我们酒吧的顾客会说我的口音怎么变得这么做作；而回到利兹，我的同学又会说我在假期里变得"很约克"。这些都是无意识的。我的口音随环境而变化，现在依然如此，不过我始终保留着我的元音发音，而且——不同于艾伦和朱莉——我的"glass""grass"和"bath"依然跟"ass"而不是"arse"押韵[1]。

我学到了更多词汇，读了更多的书，交到了一些朋友，虽说我依然觉得现实中的人际关系比书中的人物关系要复杂难懂得多。书籍总是如此宽厚，不求回报地陪伴着我。有时，它们会颠覆我对世界的看法——贝尔·胡克斯[2]的《难道我不是女人》就令我大开眼界。不过我也得当心一点。在构思一篇分析《美国精神病》[3]的作文时，我怒不可遏——直面如此多的残酷与暴力令我难以招架。

1　这几个词依次指"玻璃""草""沐浴"，ass 与 arse 都指"臀部"，前者发音为 [æs]，后者发音更加英式，为 [ɑːs]。

2　格洛丽亚·琼·沃特金斯（Gloria Jean Watkins，1952—2021），美国作家、学者、女权主义者和活动家，以笔名贝尔·胡克斯（bell hooks）出版作品。

3　美国作家 B. E. 埃利斯 1991 年出版的小说，讲述连环杀手兼银行家帕特里克·贝特曼的故事。

我真的去法国待了一年，但我并没在那儿变得更老练，也没跟任何法国人恋爱，更没有在阁楼上写作，虽说我住的的确是一间小小的单间公寓，而诺曼底登陆那片海滩就在我住的海滨小镇。卡昂[1]有一家二手书店，同时也是一家咖啡馆——这种理念在当时还很大胆——你可以在喝咖啡时从他们的书架上取阅书籍，所以我终日窝在那里，翻几本书，再买一本回家。我读了雷吉娜·德福尔热[2]的《蓝色自行车》及其三部续集。这套书全都引人入胜，令人手不释卷，讲述第二次世界大战如何影响了一个从事葡萄酒酿造的家族。这套作品跟《飘》有些类似。书中对标郝思嘉的人物叫莉亚·德尔玛斯，她渴望全新的体验，渴望美食与性。后来她几乎样样都如愿以偿，虽说遭遇了战时的物资匮乏，恋爱的对象也不过是她那个多愁善感的邻居，而不是令人心跳加速的坏男孩弗朗索瓦·塔维涅。

如今想来，我觉得跟那段法国时光联系最紧密的书是埃丽卡·容[3]的《畏惧飞翔》，我从那家二手书店的英文图

1　法国西北部城市，诺曼底大区卡尔瓦多斯省的首府。

2　雷吉娜·德福尔热（Régine Deforges，1935—2014），法国作家、编剧和电影导演，创作了大量作品。

3　埃丽卡·容（Erica Jong，1942— ），美国作家，擅长小说和诗歌创作。

书区买下它，读着描写伊莎多拉·温如何在驾车环游欧洲的途中吃水蜜桃的文字，当时她正在探索人生，这趟旅行便是她探索的一部分。我喜欢容对身体、月经与性大胆的描写，尽管书中的性事大都进行得不太顺利，伊莎多拉梦寐以求的那种不为拉链所扰的完美性爱也没有实现。我也爱她笔下的恐惧，对一切事物的畏惧，还喜欢她说生活不像小说，它没有情节。

我在利兹的最后一年过得很顺利。我跟索菲住在德尔夫巷的一栋小房子里，她把她朋友约翰介绍给我认识，她刚刚跟他一起在莫斯科待了一年。他有一肚子故事要讲，讲他怎样陪那位雇用他的议员环游俄罗斯，还有他在西伯利亚特快列车上如何跟一个人相谈甚欢，结果在六天的旅行接近尾声时，对方坦言自己是个雇佣兵，提出可以免费帮约翰杀个人。

约翰对我读书的方式感到诧异，告诉我他从没见过谁读这么多书，还读得这么快、这么杂。我特别不爱惜书本，常常任它们掉进浴缸，变得陈旧破烂。约翰对此深感震惊。他还说我泡在浴缸里读书的时间太长了，应该多去户外感受生活。于是我照他说的做了，并惊奇地发现有他在身边，我几乎都能体会生活的乐趣了。

毕业之后，我在酒吧短暂地帮了一阵子忙，然后搬到伦敦跟约翰同住，他当时在一家主攻俄罗斯和新兴市场的招聘公司找到一份工作，整天劝人加入哈萨克斯坦或乌兹别克斯坦的饮料公司、烟草公司。我们住在小罗素街上的一间顶楼公寓里，就在大英博物馆对面。博物馆正在大规模整修，宿醉之后，我会躺在床上听工地传来的噪音。索菲接受过记者培训，有时，我会和她一起工作，在一间法庭挨着她坐下，看她做速记。我喜欢跟她去那些酒吧，认识别的记者和摄影师——大麻烟卷和红鲷鱼，他们彼此这样称呼。他们往往都很风趣，我感觉这一切十分新奇。有时我感觉自己也想当个记者，不过这个目标似乎有点太远大了。

除了约翰和索菲，我的救星还有卡姆登[1]那几座图书馆。国王十字附近有座图书馆，西奥伯尔德路上也有一座。我会一连几小时待在里面，再抱一大摞书回家。有时我会读书读到近乎癫狂。我发现自己一天之内读的书绝不能超过三本。要是强行多读，我就会混淆虚构与现实，把自己想象成情节的一部分。我会梦见书中人物的经历落到

1　伦敦西北部的城区，是潮人聚集的地带。

自己身上，醒来时惊恐万状，苦恼不堪。我一个周末就读完了派特·巴克[1]的《重生》三部曲。

我还是一如既往地偏爱身陷绝境之人的故事。自从读过威尔弗雷德·欧文[2]的《徒劳》之后，我就把马蒂跟一战中那些遭受弹震症折磨的士兵联系在一起。欧文和西格夫里·萨松[3]都出现在《重生》中，后者修改了欧文的诗歌《青春的悲歌》。我读得停不下来，但后来我几乎产生了幻觉，连做了好几天怪梦。我喜欢听有声书，经常用它们来激励自己起床或在屋里干点家务、出去跑跑腿。一天，我拿出一盒精简版的有声书，是 A. S. 拜厄特[4]的《占有》。我只听了几分钟就意识到自己一个字都不想错过，于是冲进高尔街上那家水石书店[5]买下这本书。《占有》具备所有我喜欢的文学元素：构筑故事情节的书信与日记、虚构的

1　派特·巴克（Pat Barker，1943—　），英国小说家，《重生》三部曲是其代表作，有九百余页。

2　威尔弗雷德·欧文（Wilfred Owen，1893—1918），英国诗人、军人，被视为第一次世界大战时期最重要的英国诗人之一。

3　西格夫里·萨松（Siegfried Sassoon，1886—1967），英国诗人、小说家，以反战诗歌和小说式自传而著名。

4　安东尼娅·苏珊·达菲（Antonia Susan Duffy，1936—2023），英国小说家、诗人，布克奖得主，通常以笔名 A. S. 拜厄特（A. S. Byatt）为人所知。

5　英国一家连锁书店，创立于 1982 年，有数百家分店。

作家与诗人、与众不同的时间框架。罗兰是位初级研究员，研究对象是一位名叫伦道夫·亨利·阿什的诗人，罗兰发现了阿什写给一位女诗人的书信草稿。这个女人是谁？阿什是否曾完成这些书信并投递出去？为了挖掘她的身份，罗兰认识了莫德·贝莉，两人共同投入了一场精彩至极的文学悬案。我在回约克郡看望父母的火车上读这本书，在我翻动书页时，火车正加速驶过彼得伯勒，进入格兰瑟姆，又驶入唐卡斯特。

马蒂从出事到去世经历了可怕的八年。如今，想到自己挺过了这场灾难，我依然感觉难以置信，并对书籍充满感激，因为我根本无法想象假如无法遁入书中的世界，自己该如何面对这一切。

啊，兄弟，你在何方？

我受不了现实中的互助会，索性在书架上找到了自己的互助会。我常常在痛失手足的故事中瞥见自己的影子，它们很多都是自传性的。看到别人也曾浴火而行、终获重生——尽管并非毫发无伤——这对我一向很有帮助。

《流浪的号手》 *The Travelling Hornplayer*

芭芭拉·特拉皮多[1] 著

"面试那天，我在清晨醒来，看见了我死去的妹妹。"埃伦和莉迪亚的父亲管她们叫"咯咯笑一号"和"咯咯笑二号"，喜欢把她俩视作同一匹哑剧马[2] 的两半。一次，莉迪亚没注意路上的车辆，结果冲到一辆车前被撞身亡，留下埃伦独自悲伤。过去人们常常把她俩搞混，因为她们实在太像，但现在再也不会了，因为"曾经的莉迪亚在我们两个身上都已死去"。我是在马蒂去世那年遇到这本书的，两个女孩在车祸前打闹的场景让我看到了我俩的影子，埃伦独自幸存后震惊不

1　芭芭拉·特拉皮多（Barbara Trapido，1941— ），英国小说家，生于南非。
2　戏剧表演中的动物道具，由穿着同一套服装的两个演员合作表演。

已的经历也让我瞥见了自己。

《尤兰蒂的小忧愁》 *All My Puny Sorrows*

米莉安·泰维兹[1] 著

"这些男人的头号公敌，就是爱读书的女孩。"尤兰蒂和艾弗两姐妹在一个"为服从而构建"的摩门教社区长大。到了四十多岁，已是著名钢琴家的艾弗又一次自杀未遂，住进了医院。尤兰蒂能唤起她求生的意志吗？还是会经不起她的劝说，协助她自杀？这部凝练而美好的小说最出人意料的一点是它非常幽默，完美地交织了生活的痛苦与欢乐。

《家庭生活》 *Family Life*

阿希尔·夏尔马[2] 著

"我那时并没完全意识到，前往美国就等于离开印度。"阿贾伊跟随家人从德里奔赴纽约，生活彻底改变，可就在他们刚刚习惯地毯、电梯和自动玻璃滑门时，阿贾伊的兄弟比

---

1 米莉安·泰维兹（Miriam Toews，1964— ），加拿大作家，曾获得总督小说奖。
2 阿希尔·夏尔马（Akhil Sharma，1971— ），美国作家，创意写作教授，印度裔美国人。《家庭生活》曾获得 2015 年福里奥文学奖和 2016 年国际都柏林文学奖。

尔朱却出了意外，重伤致残。父母挣扎着应对这个聪明儿子的人生变故，阿贾伊则无人管束，不知在这个陌生的新世界该如何生活。

《26a》 *26a*

黛安娜·埃文斯[1] 著

双胞胎乔治娅·亨特和贝茜·亨特在位于尼斯登的家族祖宅的阁楼上长大，与思乡心切的尼日利亚籍母亲、酗酒且骂骂咧咧的英国父亲、另外两个姐妹和一只名叫哈姆的仓鼠共同生活。她们观看了查尔斯和戴安娜的婚礼，陶醉在两人"合二为一"的幸福之中，但成长给这对能感知彼此痛苦的双胞胎提出了难题。等到全国上下都开始哀悼"人民的王妃"时，亨特一家也被自己的悲剧吞噬。

《格蕾塔·威尔斯的神奇人生》 *The Impossible Lives of Greta Wells*

安德鲁·肖恩·格里尔[2] 著

"真正的悲伤几乎无法捕捉；它如同一只深海怪兽，永远

1　黛安娜·埃文斯（Diana Evans，1972— ），英国小说家，记者和评论家。

2　安德鲁·肖恩·格里尔（Andrew Sean Greer，1970— ），美国小说家，凭借小说《莱斯》获得 2018 年普利策小说奖。

不会展露真容。"1985 年，纽约，格蕾塔亲爱的双胞胎兄弟菲利克斯刚满三十一岁就因艾滋病去世，格蕾塔迟迟无法走出悲伤。发现电惊厥疗法能把她带入别的时空之后，格蕾塔见到了不同版本的自己和菲利克斯，而我们读者则意识到，假如能在现实中而不仅仅是在梦中见到菲利克斯，格蕾塔宁可付出一切。

《女孩是个半成品》 *A Girl is a Half-formed Thing*

埃米尔·麦克布莱德[1] 著

"献给你。很快。你会赋予她姓名。她会在肌肤的针脚间携带你的话语。"我们始终不知道叙述者的名字，不过她口中的"你"是指她的兄弟，他在摘除肿瘤之后大脑受损。阅读这本书的过程中，我越来越确信叙述者之所以使用如此实验性的语言，是因为她想告诉我们她的兄弟去世了，而既有的语言要么不够有力，要么过于矫揉造作，不足以表达她的感受。

---

1 埃米尔·麦克布莱德（Eimear McBride，1976— ），爱尔兰小说家，《女孩是个半成品》是她的小说处女作。

魔法的力量

马蒂去世后，我以为自己会好起来，为他终获解脱而松一口气，但我没有。我磕磕绊绊、跌跌撞撞地摸索着，设法让生活继续。我想到过死，但这好像太对不起父母。我嫁给了约翰，因为这符合大家的期望——他在阿拉木图[1]的一座赌场里遭遇了一次意外，以为自己会被枪杀，事后便向我求了婚——但我的心却不在这里，即使在走向圣坛时，我依然在为死去的弟弟啜泣。

我没找正式工作，想尝试写作，不过倒是在博物馆街上的普劳餐厅干过一阵子酒吧女招待。我心里很清楚不上班对我没任何好处，于是有一搭没一搭地找着工作，但无一例外都不顺利。有一次，我回复了报纸上一则招聘营销

1　哈萨克斯坦共和国最大的城市。

专员的广告，但到了那里我才发现，这份工作要求我挨家挨户敲门，劝人更换供电公司。我喜欢跟约翰和他的同事一起去酒吧，也考虑过当招聘顾问，但我遭遇了一次可怕的面试，那女人显然觉得我一无是处，这更加剧了我的焦虑。她事后反馈对我印象不佳——说我没跟她进行眼神交流——我实在不想再尝试了。打零工是场噩梦，因为我几乎不会打字也不会用电脑，而我糟糕的方向感意味着我上班总是迷路，最终在庞大的办公楼里晕头转向。我知道自信与魅力就隐藏在我体内的某个角落——我是个不错的酒吧女招待——可是面对穿着考究的办公室经理犀利的目光，我感觉自己正在枯萎，他们似乎只须用可怕的眼神瞟上一眼，便能掂量出我脚上的平底鞋、我啃烂的指甲和我贫乏的技能究竟值几斤几两。

与此同时，约翰的事业却风生水起，1999 年，他一整年都忙着把精通 Y2K 问题[1]的 IT 人才输送到世界各地。我们在贝尔与皇冠酒吧度过了新千年的跨年夜，醒来发现世界依然如故。

回到伦敦，我们跟索菲和朋友罗布一起看了《音乐之

1　即 2000 年问题，常称为千年虫问题，指计算机在处理 2000 年 1 月 1 日以后的日期和时间时可能出现错误。

声大合唱》，以此庆祝我二十七岁的生日。全场观众放声高歌，男爵夫人每次出场都引起一片嘘声。罗布送给我一只包裹，外面包着一层棕色纸皮，还绑着细绳，我打开一看，里面是哈利·波特系列的头两本书。

第二天早上，宿醉未消的我翻开《哈利·波特与魔法石》。今天这个故事早已家喻户晓：那个可怜的孤儿住在楼梯下的储物间里，在十一岁生日当天发现自己不但是个魔法师，而且在魔法世界闻名遐迩。我飞速把它读完，着迷于那个魔法世界的种种细节，哈利在那里进入霍格沃茨魔法学院，师从校长阿不思·邓布利多。他在火车上认识了罗恩和赫敏，被分院帽分入格兰芬多学院，还不得不对抗敌人斯内普教授和德拉科·马尔福。

读到"厄里斯魔镜"那章，我泪如雨下，浸湿了书页。正如邓布利多向哈利解释的，当你望向厄里斯魔镜的时候，你看到的不多不少，恰好是你内心最深处的渴望。罗恩始终处在哥哥和名人好友的阴影之下，他看见自己当上了魁地奇球队的队长。孤儿哈利则看见自己与父母团聚。邓布利多警告说，有些人会因为渴求自己得不到的东西而陷入疯狂。

读完第一本，我立刻抓起《哈利·波特与密室》，随后又去水石书店买来《哈利·波特与阿兹卡班的囚徒》。

这位作者实在很了解死亡与抑郁，我读摄魂怪时想，这种怪物会把人的快乐吸走，让人觉得自己不会再开心起来。我继续往下读，看到哈利试着念守护神咒——他竭力把精神贯注在一段美好的回忆上，想用一道白光击倒摄魂怪。哈利当着同学们的面晕倒时，卢平教授安慰他说他并没发疯，只不过在摄魂怪出现时，他回想的正是自己最糟糕的经历——他父母的死。这让我开始对自己那些抑郁情绪的运转有了一点概念，也就是说，心情低落时，我会不断在脑海中重温关于马蒂的最痛苦的记忆，数落自己的缺点。我不会用守护神咒驱散阴霾，但阅读和酒精一直是我转移注意力的利器。

几个月后，约翰得到一个去纽约工作的机会，我们决定接受。我们在 2000 年 7 月 4 日[1]抵达纽约，住进了切尔西区的一套公寓——我们学着管它叫"套房"[2]。我喜欢纽约人，喜欢那种轻易就能跟陌生人攀谈的氛围。有个女人在街上拦住我，告诉我她喜欢我的鞋，这让我特别开心。以前我从不觉得自己长得特别有爱尔兰特色——虽说我知

1　美国国庆日。

2　英国习惯称公寓为 flat，美国则习惯称之为 apartment。

道自己跟很多表亲都长得很像——但爱尔兰裔美国人会在酒吧里把我当自己人看待，我因此而结交了几位新朋友。我有一整套全新的酒吧礼仪要学，我喜欢教来家里做客的朋友点马提尼酒——描述要具体——还向他们强调小费的重要性。

我们那条街尽头有一家巨大的巴诺书店[1]，我在那儿排队买到新出版的《哈利·波特与火焰杯》，读了个通宵。

我几乎成了夜行动物，白天睡觉，晚上试着写自己的小说，却不断遇阻。我想既然写作对我很难，就代表我根本没这个天赋。如果这件事对我来说足够重要，或者我真的很擅长写作，那我应该更容易下笔，而不是轻易被别人的作品带偏。我们一年后离开纽约时，书架已经被平装书占满——大都是我在巴诺书店买来的历史小说或轻松易读的犯罪小说。我迷上了伯纳德·康威尔[2]，读了他的夏普系列，接着又读了一套精彩的"亚瑟王三部曲"，第一本是《凛冬王》。这些我全都没有带走。现在，我手上唯一来自那个时期的书是一本名叫《杰作之

1　美国最大的连锁书店。
2　伯纳德·康威尔（Bernard Cornwell, 1944— ），英国历史小说家、滑铁卢战役历史作者，以理查德·夏普系列小说而闻名。

书：100 本世界经典名著指南》的大部头。我已经不记得当时的情形了，不过上面用铅笔画着小勾，标出我读过的名著。

约翰做好了生儿育女的准备，但我觉得自己不会是个好妈妈。摄魂怪离我太近，我不相信自己能把它们赶走。我在自己那面厄里斯魔镜前驻足，盯着镜中的景象，看见弟弟和我一起大笑着嬉闹。我无法安定，只顾伤怀，只顾用酒精消除痛苦，别的什么也做不了。几年后，这段婚姻以悲伤而友好的方式走到了尽头。约翰和我始终爱着对方，只是换了种形式。

我知道自己回伦敦之后必须找份工作，很怕回到那些丢脸的兼职工作中，继续把总机搞得乱七八糟，或是弄不懂传真机的用法。我唯一擅长的只有读书。我考虑过去出版社或是当记者，但大家都说这些工作门槛很高。我不想当酒吧女招待或餐馆服务员，不过我倒是有服务顾客的经验，也很会跟顾客相处。所以我决定去书店找一份工作。

我在网上给所有我能想到的书店投了简历，却没收到一条回复。后来有天晚上，我在索菲妈妈家里，听她提到哈罗德百货有个图书部。我怎么不去那儿问问？对我而言，去哈罗德百货这种高端场所上班似乎很难想象，但那是我能想到的唯一还没尝试的地方。于是索菲借给我一套正装，我来到哈罗德百货二层——在那里，一个全新的世界敞开了大门。

系列作品

我初读哈利·波特时，这套书只出了三本，我不得不苦苦等到下一部出版再往下读。大概是因为我从纳尼亚传奇开始阅读，又一头扎进了校园故事吧，我的确很喜欢不断延续的故事。下面是我喜欢的一些系列作品的第一本。还有什么能比一本书更好？当然是一整套书！

《魔法觉醒》 *A Discovery of Witches*

德博拉·哈克尼斯[1] 著

请想象一套写给成年人的哈利·波特系列，还有历史与科学的助力。我很喜欢这套三部曲，它讲述了一名女巫和一个吸血鬼共同寻找一份失落手稿的故事。黛安娜是位强大的女巫，强大到她父母为了保障她的安全，不得不在遇害前用咒语封印她的力量。在我看来，她迸发魔力的模样就像压抑的情感不由自主地突然爆发。如今，我把这视作一个隐喻，喻示着我们为了适应社会，不得不隐藏起部分的自我。

1　德博拉·哈克尼斯（Deborah Harkness，1965— ），美国学者、小说家，《魔法觉醒》是其代表作《万灵三部曲》中的第一部。

《三月紫罗兰》 *March Violets*

菲利普·克尔 [1] 著

1936 年的柏林，妙语连珠的前警察、现私家侦探贝尔尼·金特在调查纳粹德国初期大批失踪人口的同时也处在危险之中。这套书最初只是一套三部曲，从 1936 年一直写到 1947 年，讲述了希特勒的崛起与覆灭，如今已出版了十四卷之多。故事一直延续到未来，不过不时也会跳回战争岁月，回到贝尔尼在自己痛恨的政权统治下艰难求生的时代。小说的语言激情洋溢，处处是不容错过的俏皮话，比如："我已不再年轻，也不再纤瘦，无法再跟宿醉和香烟以外的东西同床共枕。"

《亲爱的，我想告诉你》 *My Dear I Wanted to Tell You*

路易莎·扬 [2] 著

这本书的标题来自一战期间伤兵部队的家书。赖利·普里福伊在战壕中身负重伤，面目全非，他的上尉彼得·洛克也受了伤，只是没那么显而易见。这套作品探讨了战争对战

---

1 菲利普·克尔（Philip Kerr，1956—2018），英国作家，代表作为贝尔尼·金特系列历史推理惊悚小说。

2 路易莎·扬（Louisa Young，1960— ），英国畅销小说家，词曲作者、传记作者和新闻记者。

士及其亲属的影响，系列的第三部——《忠诚》——带我们回到 20 世纪 30 年代的意大利，在那里，南娜和她的犹太家庭很容易对墨索里尼的威胁视而不见。

《算了》 *Never Mind*

爱德华·圣奥宾[1] 著

我们第一次见到帕特里克·梅尔罗斯时，他还是个小男孩，跟富有的美国母亲和残酷无情的贵族父亲居住在法国南部。这个系列原本是一套三部曲，还包括另外两本书，随后圣奥宾又写了《母乳》和《终于》，让这个故事圆满收场。这些小说中发生了可怕的事，但作者精妙优雅的笔触为读者带来了奇特的阅读体验，既抚慰人心又莫名地令人不安。这套作品还幽默至极——尤其是《终于》。

《我的天才女友》 *My Brilliant Friend*

埃莱娜·费兰特[2] 著

这部小说从现在写起，我们的叙述者埃莱娜发现她的朋

---

1 爱德华·圣奥宾（Edward St Aubyn，1960— ），英国作家，著有"帕特里克·梅尔罗斯五部曲"。
2 埃莱娜·费兰特（Elena Ferrante，1943— ），意大利小说家，一直坚持匿名写作，代表作为"那不勒斯四部曲"，《我的天才女友》是该系列的第一本书。

友莉拉失踪了。埃莱娜知道莉拉多年来一直想要消失："因为我十分了解她，至少我认为我了解她，我觉得她一定找到了办法——不留一丝毛发、从这个世界消失的办法。"[1] 于是埃莱娜决定写下她们之间亲密而错综纠缠的友谊，故事发生在那不勒斯一个腐朽且往往充满暴力的社区。

1　译文引自《我的天才女友》，陈英译，人民文学出版社，2017 年。

爱读书的女孩

　　哈罗德百货水石书店的经理打来电话时，我正跟索菲在伯爵宫路的黑鸟餐厅吃饭。经理说我被录用了，立刻就可以上班。

　　"你是我们雇的第一个圣诞节临时工。"他说。

　　"但愿我听上去还算热情，而不是不爽。"挂了电话，我对索菲说。我们已经几杯酒下肚了。

　　"他们付你多少薪水?"索菲问。

　　我说了个数。

　　"真不多。"她说。

　　"是啊，"我说，"不过够我付房租和吃饭的了。说真的，我唯一的额外开销就是买书，不过员工可以从店里借书，每次只借一本就行。"

　　在哈罗德百货的入职培训现场，我的心怦怦直跳。公司对着装和店内举止有着严格的规定，让我想到游泳池四周那些禁止奔跑、禁止跳水、禁止喧哗的警示牌。我们必须从与主楼相隔一条街的员工通道出入，还得把个人物品存入储物柜。我们只准把为数不多的几样东西带入通向店铺的走廊，所有东西都必须装在一只透明的塑料袋里。女性可以携带一只很小的化妆包，大概是为了让我们在经期避免尴尬吧。我们随时可能被搜身。

我们领到了工作证，装在一只小小的塑料封套里。工作证的颜色代表我们在哈罗德百货森严的等级序列中所处的位置；我的工作证是白色的，属于最低一等。我们还学习了康乃馨体系，而且公司鼓励我们每个人都去争取一朵康乃馨，别在自己的翻领上；红色的鲜花是最高的荣誉。戴康乃馨的人可以负责任何层级的工作，从处理退款到变更订单、关闭收银。

我在店里的第一天过得稀里糊涂。我并不像自己以为的那么博览群书，还差得很远，而且我对书店的规模毫无概念，也不知道自己需要熟悉多少个不同的类目。我弄乱了英国地形测量局的地图，还出了洋相，不知道马德拉[1]

---

1 葡萄牙西南方北大西洋上的群岛，是葡萄牙管辖下的自治区。

旅行指南应该放在"葡萄牙"书架上。一位女顾客对我发火，因为我不知道架上那百余本烹饪指南中有哪一本介绍了橄榄玉米糊的做法。

而且我的脚真疼啊！那天晚上我在酒吧里抱怨这个，临桌有个女人说她能帮忙。她让我脱下鞋子，告诉我该怎么按摩我的脚——使劲揉捏脚趾球骨。这真像魔法一样。卖书的那些年，我总在休息时这么做，并且至今依然对那位好心的陌生人心存感激。

第二天我有了起色，到了第三天，我感觉自己已经上道了，觉得来对了地方。我在前台工作，这个岗位很适合我，因为我喜欢忙碌，也喜欢跟人攀谈。"那会是一场火的洗礼。"曾在前台工作多年的安吉拉告诉我，她跟另一位售货员理查德开始幽默劲儿十足地把他们的全部知识一股脑儿传授给我。

哈罗德百货有种狂欢节的氛围。它集旅游胜地与百货商场于一身，所以你可能上一秒还在告诉某人戴安娜王妃纪念喷泉 [1] 怎么走，下一秒就在推荐新小说中最棒的一本了。我们似乎花费了大量时间跟顾客谈论洗手间。几个月

1　伦敦为纪念 1997 年因车祸去世的威尔士王妃戴安娜而在海德公园西南角树立的纪念喷泉。

后，哈罗德百货开始实行如厕收费一英镑的规定，结果引来许多负面报道。上面废除了这项规定，不过我们依然经常听到这样的问题："请问洗手间怎么走？我真的得花一英镑才能上吗？"

我们店不远处就是宠物店，所以常常有顾客走进店里，指望能带回一只珍奇动物，这在 20 世纪 50 年代的确不无可能。我们知道如今法律已经改变，但研究相关的法条并不是我们的职责，所以每当有人出现在前台，声称想买一头狮子，我总会打发他们去宠物店问问，而且很想听听他们接下来的对话。

书店另一侧是"圣诞天地"，一家常年营业的节日用品商店，因此，在旅行类书籍专区干活儿就意味着你得听一整天圣诞颂歌。人们会在一年中的任何时候从各地远道而来，从哈罗德百货买一份廉价的装饰品回家。一次，我听见那家店的一位女店员抱怨那个在圣诞老人屋扮精灵的员工比别人挣得多。

我有一整套书店术语要学。"校样"是指即将出版的小说的先行本，出版商会把它们提前寄给书商和记者，引起他们的兴趣。书籍会首先发行精装本。每本都有个护封，内侧的裱纸叫"环衬"。我一直很喜欢书脊里缝着缎带的书，现在我知道那叫"缎带书签"。平装本会在差不多一年后问世，尺寸更小，价格也相对实惠。"卸货"指从出版商收到成箱的书；"上架"或"推车作业"就是把书摆上书架展示。书得放入"A—Z 区"，也得堆放在桌上，这取决于我们订购的册数。一排排书架被分成一列列隔间，单独摆放的组件叫"促销箱"，名字很怪，也不大讨喜[1]。我很快发现它们是同时展示相互关联的书籍的绝佳工具。

面对一本上架展示的书，你得写一张小小的推荐卡贴在它下面，劝顾客将它收入囊中。我的工作之一便是更新"店员推荐"图书区。有些同事不大配合，我就主动提出替他们写推荐卡，他们只要挑书就行。最开始，我会长时间地斟酌该如何下笔，但我很快就掌握了诀窍。内容不必太长，也不用特别精美。几句肺腑之言足矣。我很喜欢写推荐卡，每次见到顾客因为卡片推荐而决定买下某本书，我心里都美滋滋的。

一天早上，我在通勤路上读米涅特·沃尔特斯[2]的新小说，我读得入了神，走在街上时还想继续读。我绊了一

1　原文为"dumpbin"，字面意思为垃圾桶。
2　米涅特·沃尔特斯（Minette Walters，1949— ），英国推理小说作家。

跤，摔破了膝盖，却一心只想接着往下读。我把这个小故事写在一张卡片上，结果这本书卖出一本又一本。我会在休息时间阅读，每晚再带一本书回家，总能在睡前读完。要是那本书很薄——比如马洛伊·山多尔[1]的《烛烬》——我能趁午餐和午休时读完。我喜欢这样带着目的阅读。这为我的思考打开了新的维度：每当遇到喜欢的书，我总会琢磨我的哪些顾客也会喜欢它。

我常常因为某本书太过精彩而读到深夜。米歇尔·法柏的《绛红雪白的花瓣》、威廉·博伊德的《凡人之心》、萨拉·沃特斯[2]的《指匠》都曾剥夺我的睡眠，卖起来也很有趣味。"听上去是很不错，"一位和蔼可亲的美国女士一边掂量着《绛红雪白的花瓣》，一边说，"不过放在行李箱里可太沉了。"

"那就扔掉几件衣服。"我说，于是她买下了它。

"我真觉得人们应该少买吃的多买书。"我这样告诉另一位顾客。不过我们一致同意，给孩子买吃的或许得另当

1　马洛伊·山多尔（Márai Sándor，1900—1989），美籍匈牙利小说家、诗人和剧作家，《烛烬》为其代表作。

2　萨拉·沃特斯（Sarah Waters，1966— ），英国小说家，主要创作以维多利亚时代为背景的小说，著有《轻舔丝绒》《指匠》等。

别论。

这份工作也并非处处顺心。哈罗德百货的管理层最担心盗窃问题，他们会巡视店面，留意违规操作和不规范行为。员工入口最显眼的标志是一块"警示榜"，用来展示盗窃被抓的员工照片，并详细列明他们受到的处罚。这让每天的工作有了个阴郁的开端。一天，一则通知取代了它："'警示榜'已移至员工餐厅。"我觉得这也好不到哪里去。

别的圣诞节临时工入职时，我其实也只是一个刚来两周的新人。接到给他们做培训的任务，我心花怒放。"告诉他们你巴不得刚来时就知道的那些事。"经理叮嘱我。

莉齐来自赫布登布里奇，我俩一见如故。她特别想做员工推荐卡。她写了一张这样的卡片："这本书我读得实在入迷，上班都迟到了。"但哈罗德的一位大人物让我们拿掉了这张卡片。

最重要的是我喜欢跟陌生人谈论书籍。我很快就有了常客，他们会径直进店找我，询问最近有什么新书。一位气质优雅的老太太会把拐杖靠在前台问："那个爱读书的女孩在哪儿？"我喜欢这句话，它呼应了哈利·波特的头衔——大难不死的男孩。有些书店店员不喜欢跟顾客交流，会借口要卸货或是邮购室里还有活儿要干，以此避开他们。我则恰恰相反，常跟刚认识的人聊得热火朝天。这让我回想起我的酒吧岁月，回想起那份不知谁会推门进来、带来什么故事的激动心情。我很容易跟顾客打成一片，也喜欢这种感觉。我会跟他们聊他们拿起的任何一本书，或是谈谈展示架上那本他们正在打量的书。有一天，我老板把我叫进办公室训话："你不该总让朋友在上班时间来找你玩儿。"但我其实是在跟一个素不相识的人交谈，只是我们显然有些忘乎所以了。

我在书店度过的第一个圣诞简直不堪回首。顾客会在我们身上发泄压力和不满，圣诞前夜那天我哭了三次。但这依然比酒吧工作轻松。"至少我们六点就能下班，"我对同事说，"我们的大多数顾客既没喝醉也不暴力。而且我也绝不会午夜时分站在大街上，发现自己的车没了挡风玻璃，身上还沾满别人的血。"

一月的促销动摇了我的乐观。节礼日那天，哈罗德百货人山人海，不顾一切的购物者为抢购一台限量的打折电视而挤破了头。我们不得不戴上艳俗的饰带和玫瑰花结，花结上用硕大的字号写着"大减价"字样，而且这天的顾客也主要是冲着便宜来的，不像平时的顾客那么斯文有礼，所以这几天特别难熬，吃力不讨好。一月八日，三十岁生日当天，我心情沮丧至极。我走在芬伯勒路上，望着被大家扔在门外、等待市政服务机构清运的旧圣诞树。有些树上依然挂着金箔。我脚上那双女店员穿的鞋子磨破了洞，雨水灌进鞋里，而我在二十号发工资之前都没钱买新鞋。我觉得自己仿佛被困在某部鸡仔小说[1]的第一章，就是写女主角诸事不顺、处在最低谷的部分。生活什么时候才能好起来呢？我什么时候才能进入第二章，再缓缓迈向胜利的结局？

我只是圣诞节临时工而已，所以不知自己是否能留在店里，很担心我为自己找到的这份小小的工作可能会被人夺走。幸运的是我后来顺利转正；折扣季过去了，我为新书的到来而心潮澎湃。

我开始期待一迈入收货间就看见推车上有新书出现。一阵子之后，我每摸到一本好书，指尖都会传来一阵战栗。这种情况第一次出现在我摸到马克·哈登[2]的《深夜

---

1 鸡仔文学指一种瞄准当代女性的类型文学，尽管包含浪漫元素，但一般不算言情小说，因为其中可能还包含悬疑等其他元素。

2 马克·哈登（Mark Haddon，1962— ），英国作家、插画家、漫画家及剧作家，《深夜小狗神秘事件》是他的代表作。

小狗神秘事件》时。我之前从没听说过这本书，但我刚一拿起它——它有个牛皮纸式样的封套——一种明白无误的感觉就掠过我的指尖。同样的情形也出现在我摸到卓依·海勒[1]的《丑闻笔记》和希莉·哈斯特维特[2]的《我爱过的》时。我觉得这相当诡异，也不想告诉别人，不过后来还是跟理查德讲了，当时我们正趁暂时没有顾客在前台闲聊。在这些忙里偷闲的间隙，我们从不面对面交谈，而是并肩站着，扫视是否有人光顾，同时压低声音交换着秘密。"我的手指会发麻，"我对他说，"你说我是不是疯了？"

"挺正常的，"他说，"我觉得你有点像个'书语者'。"

我最喜欢的工作是负责整理"近日书评热点"。我得翻遍周末的报纸，看哪些书热度比较高，确保店里随时能买到它们。很少有顾客会走进店里准确地报出想找的书名和作者名。更多情况下，他们会说："我想要那本关于少年和老虎的书。"或是："你知道的，就是那本写老师跟学

1　卓依·海勒（Zöe Heller，1965—　），英国记者、作家。2003 年凭借小说《丑闻笔记》入围布克奖决选名单。

2　希莉·哈斯特维特（Siri Hustvedt，1955—　），挪威裔美国作家，著有《没有男人的夏天》《我爱过的》等小说。

生恋爱的书。"我喜欢这些问题，因为这其实就像竞赛或知识问答，而我总能对答如流。不过某个星期一上午，有个女人却因为我没能立刻说出她问的是哪本书而拉下脸来。

"你居然没听说过它，真是难以置信，"她说，"它可上了今早的《一周之始》[1]。"

"可我今早没听《一周之始》啊，"我说，"我在这儿上班呢。"

顾客的问题之一——当然这无可厚非——是他们总以为某本书只要上过报纸书评版或英国广播公司广播四台，就一定能在市面上买到。他们会走进店里，带着自己用星号标出的报纸书评文章，不解地问其中一些书为什么还没上市。我解释了成千上万次，书评很多都是在作品出版前写的。

"这种做法还真蠢。"那些人会说。

"是啊，"我会露出微笑，想表明我对此完全无能为力，"要不您给《星期日泰晤士报》写封信？"

每个星期二早上，我们都会在书店开门前围坐在桌旁开员工会，我会把报纸最近评论过的书籍介绍一遍，给大

_____
1 英国广播公司广播四台 1970 年 4 月开播的谈话节目，每周一早上播出，主要讨论文化相关话题。

家讲讲书评人对它们的评价。一天早上，我正在开会，广播系统突然噼里啪啦地响了，顷刻间，哈罗德百货老板穆罕默德·法耶兹[1]本人的声音隆隆地响彻商场，因为他不满报纸对他的报道。我们不得不默默站在那儿听着，因为有传闻说商场里装了监控摄像头，确保员工会毕恭毕敬地聆听这类广播。我们好不容易才憋住笑。

有时，这份工作会意外地令人动容。有位顾客请我给一位正在做化疗的朋友推荐一本书——我推荐了有声版的P. G. 伍德豪斯[2]作品——结果我俩一起哭了一会儿。那时还没有谷歌，所以那些想找一首诗在葬礼上朗诵的人会径直走进店里询问。他们往往会向我讲述逝者的生平事迹，而我则注意到刚刚痛失亲人的人是多么脆弱、多么苦恼，为自己能帮助他们而欣慰，哪怕这帮助微不足道。

常有人向我讲述自己的经历——我永远忘不了有个女人讲的她1938年逃离柏林的故事，当时我正在帮她找塞

1　穆罕默德·法耶兹（Mohamed Al-Fayed，1929—　），埃及裔英国富商，戴安娜王妃的男友多迪·法耶兹的父亲，曾是伦敦哈罗德百货公司、英国富勒姆足球俱乐部老板。

2　P. G. 伍德豪斯（P. G. Wodehouse，1881—1975），英国幽默小说家，作品主要表现第一次世界大战前的英国社会。

巴斯蒂安·哈夫纳[1]的《一个德国人的故事》。她是英国人，在柏林当家庭教师，后来结识了一个德国人并嫁给了他。逃回英格兰后，他们松了口气，但好景不长，男人很快就被捕了，战争中大部分时间都待在马恩岛[2]。

与顾客相处往往能令我振奋。我更喜欢在工作中扮演热情的书迷，而不是回到自己的生活中，努力做自己——无论这代表什么。休息日，我会躺在床上看书、抽烟。休假时，我会怀念被书本包围而感到慰藉的感觉。我潦倒又孤单，没休几天就不得不按捺内心的冲动，免得自己冲上前去跟地铁和公交车上的陌生人攀谈，问他们在读什么书。

而上班时，我会感觉自己是个有用的人，对人不无帮助，我的存在是有意义的。我不再穿西装上衣，而是把它换成了一条绿色的哈罗德百货围裙，我会抱着存货四处走动、打扫卫生、时刻留意顾客是否需要帮助，享受那份充实。一次，有个女人对我说我重树了她对人类的信心。我

1　塞巴斯蒂安·哈夫纳（Sebastian Haffner, 1907—1999），德国记者、作家，主要撰写与近代德国史相关的著作。
2　不列颠岛与爱尔兰岛之间的一座海岛，地处英格兰、苏格兰、威尔士、北爱尔兰和爱尔兰共和国的中心点。

已经不记得自己为她做过什么了，但她温暖的话语支撑我熬过了一段艰难的时光。

有时，一些富人会来店里为一整间图书室订购书籍，点名要我挑选书目。我会有种大权在握的感觉。一般而言，他们想要的主要是摄影类书籍，不过我会温和地劝他们配上几书架小说，它们能为图书室增色，这样一来，我就能为一些自己最爱的书籍找到新家，指望将来会有某位客人喜欢它们。

当然了，也不是每位顾客都那么可爱。很多来哈罗德百货购物的人都富得令人咋舌，有些还巴不得你也知道。当酒吧女招待时，我从不喜欢那些用手指夹着二十英镑钞票晃荡的男人，他们大概以为你一看见钱就能早点把酒端上桌。对那些从钱包里掏出美国运通白金卡或黑卡、啪的一声拍在桌上吸引别人注意的人，我也有类似的观感。

一次，一个鼻毛浓密的男人因为我不肯退掉他那几本残破的杰弗里·阿切尔[1]小说而大发雷霆，气得撕起书来，把碎片扬到我脸上。还有个女人因为我们没听说杰拉

1　杰弗里·阿切尔（Jeffrey Archer，1940— ），英国政治家、作家。1985年被撒切尔夫人任命为保守党副主席，次年因丑闻而被迫退休。

尔德·达雷尔[1]的一本新书而气急败坏，说报上全是关于它的报道。她刚才已经推开了我的两位同事，高声骂他们傻子。结果，我们发现她说的其实是保罗·伯勒尔[2]出的一本关于戴安娜王妃的书。"对，就是这本，"我报上书名时，她说，"我真不敢相信你们居然花了这么长时间才想到它。"

有时也会出现误会。一天，一个俄罗斯女人让我给她推荐最好的当代小说。她长得很美，有一头完美的金发。要非常现代的那种，她说。我建议她带走一本卓依·海勒的《丑闻笔记》。这部作品刚刚入围布克奖[3]短名单，而且我相信它会折桂。叙述者芭芭拉讲述了她同事与一名男学生的情事，随着她的恶意愈发强烈，故事也逐渐转向阴暗，这种手法我深得我心。

第二天，这位完美的金发女郎怒气冲冲地回到店里，眼里还含着泪花。"你怎么能给我看这么可怕的书呢？"她说，"这太色情了。我还有个儿子呢。"当时店里还有别的

1　杰拉尔德·达雷尔（Gerald Durrell，1925—1995），英国博物学家、作家、动物园管理员、环保主义者及电视主持人。

2　保罗·伯勒尔（Paul Burrell，1958— ），英国王室前侍从，曾担任戴安娜王妃的管家，于2003年出版回忆录《王室职责》。

3　一年一度的英国文学奖，颁发给用英语创作、在英国出版的原创小说。

顾客，她就在众目睽睽之下冲我叫嚷。我道了歉，提出另外给她推荐一本，但她只想退货。

事后，在休息时，依然在为被指责兜售色情读物而颤抖难过的我抽着烟，意识到我们对"现代"这个词有着不同的理解。这让我深有感触，原来别人嘴上说的并不一定是他们真正想要的。这个教训一再引起回响，无论在店内还是店外。

我并不总是那么明智。有一次，我跟一个男人待了好一阵子，他想让我跟他一起翻阅所有版本的《爱经》[1]，对比插图。我一如既往地带着满足顾客需求的热情投身这项任务，直到他问我最喜欢哪个，而我看到他涨红了脸，才意识到他并不是在问我更喜欢照片版还是插图版。

在应付难缠的顾客方面，哈罗德教会了我许多，我从理查德那儿学到如何保持淡定，无视粗鲁的顾客。有位同事一生气就会满脸通红，一直红到脖子根儿，两眼放射凶光。我们管这叫"红雾"。他会不断地说"女士"，为这个字眼注入极度的轻蔑。

在某些日子里，我的情绪的确会受影响，这时我往往

1　印度古代性学巨著。

会流泪而不是爆发；那是委屈的热泪，因为我的工作要求我对别人不友善的对待忍气吞声。不过我的确发过一次脾气，因为有个男人怎么也不肯相信杰米·奥利弗[1]的作品是按我说的顺序出版的。我不知道为什么激怒我的偏偏是这个人，不过我严厉地呵斥了他，然后扬长而去。

我最不喜欢的顾客要数写作者们，这号人往往是自费出版，会询问店里有没有自己的著作，假装想买它们，然后，得知店里没有这本书时，他们会想方设法劝你订一本看看。在你礼貌地回绝后，他们会凶相毕露，提出要见经理，想把这次不请自来的推销变成顾客投诉。尤其要是他们身后还排着长长一队真正的顾客，这种行为就更惹人恼火。

常常有作家来店里给库存书签名，这也成了我分内的职责。我得腾出一张小桌，集齐书本，把它们摊开，翻到扉页。随后，待作者签完所有的书，我就会在书上绑一道硬纸壳带子，名曰"腰带"，让读者知道他们买的是签名本。这项工作充满乐趣，却也不无压力，因为有时书会无法准时到店，要么就是不见踪影，而我不得不硬着头皮告

1　杰米·奥利弗（Jamie Oliver，1975— ），英国厨师，以"原味主厨"之名而为人熟知。

诉专程赶来的作者店里没有库存，这感觉真是糟透了。不过我很喜欢跟作家们聊天，也会去找每位来过店里的作家的书，尽量都读一读。

我为他们大多数人的平凡无奇感到惊讶。小时候，我以为作家都是神一般的人物，但现在，我发现他们跟我遇到的其他人没什么两样，这让我浮想联翩，觉得自己是不是有一天也能跻身他们的行列。作家来访往往能让我心情大好。要是你终日在店里被人呼来喝去，那么但凡有人把你当人看待，你都会体会到难以言喻的温暖与幸福。我依然充满感激地记得阿黛尔·帕克斯[1]、凯瑟琳·特萨罗[2]、弗雷亚·诺思[3]和夏洛特·门德尔松[4]满怀赞许的友善。杰弗里·阿切尔来店里给他的狱中日记签名，他看上去很快活，即使听到有个与他擦身而过的女人大声对朋友说"看啊，那是杰弗里·阿切尔。我真受不了他"，也处之泰然。

我们有时会举办大型作者见面会，我的第一项见面会

1　阿黛尔·帕克斯（Adele Parks，1969— ），英国小说作家，创作了二十多部小说，是英国最畅销的女性小说作家之一。

2　凯瑟琳·特萨罗（Kathleen Tessaro，1965— ），美国作家，著有《稀有物品》。

3　弗雷亚·诺思（Freya North，1967— ），英国作家，"鸡仔文学"的先驱。

4　夏洛特·门德尔松（Charlotte Mendelson，1972— ），英国小说家、编辑。

任务是照管一支长长的队伍，全是来见比利·怀曼[1]的人。要是他们想请比利给他们买的书签名赠言，我就得把他们的名字写在便利贴上，陪每个人等待。我喜欢问他们从哪赶来。队伍里大多是女性，她们总是咯咯地笑，都说比利·怀曼比想象中矮。

那年夏天，负责书店活动的经理离职了，我顶替了他的位置。在一切进展顺利时，我会感觉自己像个技术高超的顶盘子高手；而每当遇到不顺，我就会感觉仿佛所有人都在从四面八方扔石头砸我。而且潜在的问题实在太多！这项工作真是难以捉摸。如果来者寥寥，作者就会可怜巴巴地坐在那里，身边堆满没人买的书。如果来的人太多，我们就会迅速不堪重负，因为要是没人告知顾客该怎么排队、在哪里排队或是该做什么，人群就会开始躁动不安。

我在酒吧工作的经验很有价值。我知道必须做好预案应付短时间的人力紧张，为活动调集足够的人手，就像我们在酒吧准备迎接忙碌的夜晚那样。大多数顾客并不介意等待，只要他们确信一切都秩序井然。

我总做焦虑的梦，梦见自己没把海报校对好，或是没

1　比利·怀曼（Bill Wyman，1936—　），英国音乐家，1962 年至 1993 年担任滚石乐队贝斯手。

及时订货。约翰·辛普森[1]来做活动的前一晚，我梦见自己走进卸货间，发现凯特·埃迪[2]坐在一摞高高的纸箱上睥睨着我。"你他妈的订错书了。"她说。

我在哈罗德最喜欢的一项任务是监督《哈利·波特与凤凰社》送货。这批书有严格规定，不到指定时间不得曝光，所以在那两只盛满纸箱的木质托盘被运进某个后勤工作区后，我必须确保它们今天之内都不会被人拆开。奉命在一段时间内不采取任何行动，这感觉十分古怪。坐在那儿盯着那些纸箱时，我回顾着自己阅读哈利·波特的历程，从我二十七岁生日第二天头一回在宿醉时阅读，到在纽约排队买《哈利·波特与火焰杯》的经过，再到守护着这两只木质托盘。即使顾客都已离店，我们也不能打开它们，只能第二天一大早再赶到店里。终于拿到属于自己的那本《哈利·波特与凤凰社》时，我利用休息时间贪婪地阅读，晚上回家后也一直在读。星期天早上我读到最后一页，在伯爵宫路地铁站附近的一家小饭馆垂泪，然后回到

1　约翰·辛普森（John Simpson，1944— ），英国广播公司记者、国际新闻编辑。

2　凯特·埃迪（Kate Adie，1945— ），英国记者，曾担任英国广播公司新闻频道首席记者。

工作岗位，去告诉顾客们这本书多么精彩。"我不会告诉你发生了什么，"我对他们说，"但你只要看看我的眼睛就知道我哭得有多厉害了。"

这份工作有个福利，我们会被出版社请去参加新书发布会，这种活动一般都会大量供应免费的酒水，有时甚至还有小点心提供。由于薪水极低，我们很多人到了月底都已经口袋空空，所以一场及时的发布会绝对是天大的犒赏。我常常喝得酩酊大醉，因为在苦苦等着发薪水的日子里，我往往会优先购买香烟而不是食物。在店里被所有人呼来喝去一整天之后，奢侈地来上一口香烟会非常销魂。在坎迪斯·布什奈尔[1]一本新书的发布会上，服务生四处分发装在小瓶子里的粉色香槟，得用吸管来喝。我必须羞愧地承认，我喝得远远超出应有的限度，最后竟醉倒在骑士桥那个高档场所的楼梯上。

出版社有时会邀请书商和媒体与作家共进晚餐。这时我就得特别注意自己的言行举止。一天晚上，在夏洛特街那家埃琳娜星辰餐厅参加一场晚餐会时，正在狼吞虎咽的我突然意识到所有面前摆着食物的人都在等别人的食物上

---

[1] 坎迪斯·布什奈尔（Candace Bushnell, 1958— ），美国作家、记者和电视制作人，其专栏选集被改编成热门电视剧《欲望都市》。

齐再开动。自那之后，无论多累多饿，我都会拼命按捺自己，仔细留意周遭。要是不知道该用哪只杯子、哪只小碟，我只需有样学样就好。

白天干着粗活，夜里却在高档场所跟作家们见面，这感觉实在奇怪。有位作家问我："你在水石书店工作吗？"我回答说："这个嘛，我在水石的一家分店工作。"

还有一位作家问我："你是不是就是那种令人生畏的大人物，能决定要不要在我的书上贴'买二赠一'标签？"

"不是，"我说，"我是那种微不足道的小人物，专门负责贴这种标签，还得在书籍滞销、必须退货的时候把它们撕下来。"她看上去似乎受了冒犯。后来，我意识到自己不该暗示她的书可能滞销，这相当愚蠢，也很欠考虑。不过，哎呀，大多数书籍都卖得不好。书店后台的场面往往令人心碎，在一些书得到了大众的关注、被接二连三买走的同时，更多的书却只能卖出不到十本，它们会得到短暂的展示机会——被摆在"买二赠一"促销桌上那一小堆书籍当中——然后被收集起来，撕掉标签，原路退回。

跟作家相处多了，我发现他们往往提心吊胆、战战兢兢，并不会因为自己出过书就陶醉在幸福的泡沫中。不过也不尽然。一次，在一场大家都喝得烂醉的新书发布派对

124

上，我勒令旁边那个男人不要总把手往我裙子里伸。"我可是个作家啊。"他说，好像这样他就能为所欲为似的。我忘记自己当时是怎么回答的了。当酒吧女招待时，多余的关注是一种职业风险，但我在读书人圈子里遇到这种情况的频率要比在酒吧低得多。在那个年代，我受到的教育是不去理会，把它当个笑话，除非男人做得实在过火。如今，想到自己竟然在很大程度上容忍了这种行为，甚至认为这是身为女性必须付出的代价之一，我感觉匪夷所思。

我在哈罗德工作期间一直谈着糟糕的恋爱。有一阵子，我陷入了一段混乱的关系——我们好像从未同时对彼此有过同等的热情。有一天，我在詹姆斯·朗西[1]那本《天堂的色彩》中读到书中人物互相询问想在临终前听到谁的声音。我猛然意识到自己想听的绝不是这个跟我一起蹉跎岁月的男人的声音。而且即使我想，他那时肯定也身在别处，不会守在我临终的病榻前抚慰我，因为当时他正忙着跟我的一位朋友眉来眼去。于是我结束了这段感情。

我很想说我们断得干净利落，很想说我终于找到一个好人，那个我在临终前会想听到他声音的人，可是，哎，

1　詹姆斯·朗西(James Runcie，1959—)，英国小说家，纪录片导演，电视制作人和剧作家。

现实并非如此，我们继续分分合合。几年后，我去看诺埃尔·科沃德[1]的电影《私人生活》，剧中的艾略特和阿曼达既无法忍受对方又不能没有对方，这让我想到我们冲动的和解如何能在眨眼间就变得令人难以忍受，只要某句不经意的话让任何一方想起之前的芥蒂。

我喜欢读那些反映糟糕恋情的小说。哈尼夫·库雷西[2]的《亲密》讲述了一段长久的关系，故事阴郁到让我对单身感到振奋。在《亲密》中，教外国人学英语成了"迷茫之人最后的避难所"。我认识的一些书店店员立志要考取英语教师资格证[3]，一位意志比较坚定的同事还专门为此辞了职。在跟异常难缠的顾客争执一天之后，我也考虑过考这个证书，却因为对自己的语法没有信心而作罢。或许迷茫之人最后的避难所，其实是卖书。

我试着写一本小说，女主角在书店工作，与一位作家在给库存书签名时结识，从此陷入了一段灾难般的恋

1　诺埃尔·科沃德（Noël Coward，1899—1973），英国演员、剧作家、流行音乐作曲家，曾获奥斯卡奖。
2　哈尼夫·库雷西（Hanif Kureishi，1954—　），英国剧作家、编剧、电影制作人、小说家。
3　即 TEFL（Teaching English as a Foreign Language）证书。TEFL 是面向非英语国家受众教授英语的国际教学标准，由联合国教科文组织制定。

情——至于故事是否受真实事件启发，就留待我亲爱的读者自己判断吧——但卖书的工作太累了，我实在腾不出精力写作。当时我床下依然堆着一大摞笔记本，多年来我一直带着它们四处漂泊，有一天，在一阵自我厌恶的冲动中，我把它们一股脑儿全扔进了垃圾桶。别再想着搞什么写作了；我只要专心欣赏别人的书就好。每个星期五，我都眼巴巴盼着《书商》杂志到货，我会趁休息时间阅读，紧跟新书动态。可我的一位同事却抱怨杂志上总有烟味，因为我总在员工吸烟室读它，自那之后，就连这份乐趣都打了折扣，他们从此就不让我把它带出店外了。

　　我在哈罗德工作了近两年。其实如果我自己能做主，我怀疑自己永远也不会离开。或许在某个平行宇宙，我至今还留在那里，在前台推荐最新小说，回答关于洗手间和戴安娜王妃的问题，告诉人们"圣诞天地"和宠物店该怎么走。我依然不太自信，一想到找工作得写简历，心中就充满了令人泄气的绝望，但有一天，我们的区域经理走进书店，欣赏着我的陈列，告诉我牛津街上要开一家规模庞大的水石书店旗舰店。你应该申请调到那儿去，他说。而我真的这么做了。

关于书店和店员的书

我早在去书店工作之前很久就喜欢读写书店的书，进入书店之后更是对这类作品青睐有加，尽管它们或许并不能如实反映书店工作的艰辛，而且与真正的店员相比，书中人物常常有太多时间四处闲逛，或是过着充满幻想的精神生活。

《书店》 *The Bookshop*

佩内洛普·菲茨杰拉德 [1] 著

丈夫去世后，弗洛伦斯·格林决定用她继承的遗产开一家书店。她在萨福克郡的一座海滨小镇买下一栋名叫"老屋"的宅子，镇上有一百年没开过书店了。弗洛伦斯满怀热情地开门迎客，却在不觉中得罪了一位当地的大人物，日子过得一天比一天艰难。菲茨杰拉德对人心的促狭有着细致入微的观察。

1　佩内洛普·菲茨杰拉德（Penelope Fitzgerald，1916—2000），英国作家，1979年凭借《离岸》获得布克奖。

《第十三个故事》 *The Thirteenth Tale*

戴安娜·赛特菲尔德[1] 著

"我不讨厌热爱真相的人，但我讨厌真相本身。和一个故事相比，真相里包含着多少援助和安慰作用?"[2] 玛格丽特·李是位传记作家，住在她父亲的古旧书店楼上。一天她回到家，发现隐居的著名作家维达·温特给自己寄来一封信，过去五十六年间，温特每年都创作一部小说，却一直拒绝别人给自己立传。在考虑是否要接受邀约时，玛格丽特开始好奇维达·温特为何终于决定将真相和盘托出，而且——更让玛格丽特好奇的是——她为什么会选择向玛格丽特讲述一切。

《照常营业》 *Business as Usual*

简·奥利弗、安·斯塔福德[3] 著

这部小说最早发表于 1933 年，讲述了希拉里·费恩设法在伦敦立足的故事，小说的叙述是通过一封封家书和希拉里

1　戴安娜·赛特菲尔德（Diane Setterfield，1964— ），英国小说家，安德烈·纪德研究者。

2　译文引自《第十三个故事》，金逸明译，人民文学出版社，2008 年。

3　简·奥利弗（Jane Oliver，1903—1970）和安·斯塔福德（Ann Stafford，1900—1966）是两位作家朋友，活跃于 20 世纪中叶，既共同创作也单独写作，作品包括儿童文学、历史小说、广播剧等。

进入百货公司后一条条涉及她的备忘录完成的。希拉里坚韧地忍受着生活的艰辛，包括未婚夫的挑剔、新同事的冷落和每周仅靠两英镑十便士过活的窘境。这本书十分迷人，介绍了不少关于购物和流动图书馆的有趣历史。

《风之影》 *The Shadow of the Wind*

卡洛斯·鲁依斯·萨丰[1] 著

达涅尔的父亲在巴塞罗那开设了一家书店。西班牙内战结束后不久，他带着达涅尔来到一座叫"遗忘书之墓"的巨型图书馆，让他挑一本书，保证一生珍藏。达涅尔选了胡利安·卡拉斯的《风之影》，从此踏上一段冒险之旅，开始探索与这位神秘作者有关的一切。他是谁？为什么消失？为什么有另一个人想毁掉他的作品？

《生命之书》 *My Penumbra's 24-Hour Bookstore*

罗宾·斯隆[2] 著

当网页设计师克莱·杰侬在窘迫和机缘的共同作用下进

---

1 卡洛斯·鲁依斯·萨丰（Carlos Ruiz Zafón，1964—2020），西班牙小说家。

2 罗宾·斯隆（Robin Sloan，1979— ），美国作家，于 2012 年出版其首部小说《生命之书》。

入半影先生的二十四小时书店工作时，他很快意识到有怪事发生。他独自值守漫长的夜班，夜间顾客稀少，即使有也什么都不买。这一切到底是怎么回事？在调查过程中，他不得不直面关于人类认知的宏大问题。

《安眠书店》 *You*

卡罗琳·凯普尼斯[1] 著

时间是十点零六分。吉尼维尔·贝克在一个星期二上午走进东村的一家书店，径直走向 F—K 打头的小说。她长相可爱，买的书也无可挑剔，令书店店员乔怦然心动。就在乔通过社交媒体找到她，巧妙地进入她的生活时，我们很快发现这并不是个甜美的爱情故事。我还从没在书中读到过这么招人喜欢的心理变态——也许我对书店店员就是讨厌不起来！

1　卡罗琳·凯普尼斯（Caroline Kepnes，1976— ），美国作家、编剧、前娱乐记者。

意想不到的男主角

　　牛津街水石书店规模庞大，店面有三层，我很高兴这里有这么多东西可学，还可以向这么多有趣的新同事请教。这里的顾客与哈罗德百货那批不同，没那么富有，这里的工作主要是销售大批时下流行的平装书，而不是堆砌崭新的精装本。裹着收缩膜的存货被装在大铁笼里，用电梯运下来，需要我们拆封、贴标、上货。我学到一项新技能，这是哈罗德百货所不允许的：在地上摞起高高的书堆，以便随时往书架上补充。我觉得这个活儿特别解压，在把安德烈娅·利维[1]的《小岛》和玛琳娜·柳薇卡[2]的《乌克兰拖拉机简史》堆成高塔的过程中，我度过了不少愉快

---

[1]　安德烈娅·利维（Andrea Levy，1956—2019），英国作家，著有小说《小岛》《长歌》。

[2]　玛琳娜·柳薇卡（Marina Lewycka，1946— ），英国小说家，有乌克兰血统。

的时光。

大书店的好处是有充足的空间做主题展示。在牛津街，我做出了自己最棒的一次展示，展示主题是《有生之年一定要读的 1001 本书》[1]，我用这本书铺满了书架顶端。接着，我从它提到的书中挑出自己最喜欢的那些，只在推荐卡上写了它们所在的页码，让读者自己去发掘每一本书。

店面太大，我们常常找不到书，尽管它们多半就在店里。我们试过设置信息亭，顾客可以在那儿查询书籍，再得到一张标明书籍位置的打印小纸条。这个办法很少奏效，满脸困惑的顾客会用一只手举着他们的纸条，像僵尸一样在店里四处游荡。即使他们真的找到了真实凶案区或痛苦生活区，也弄懂了那些书在书架上的排列方式——按主题从 A 到 Z 排列，而不是按作者——那本书依然很可能不在那里。

"我就不明白了，"他们会高声抱怨道，"电脑上明明说店里有货啊。会在哪儿呢?"

我帮忙找书时会这样解释:"真是抱歉，但书这东

---

1 英国学者、作家彼得·伯克赛尔（Peter Boxall）编撰的作品。

西有个问题，就是你很难看出它有没有放错地方。它说不定会被人偷走或放在另一个书架上。在超市你很容易从一堆橘子里找出苹果，但对书而言这就像大海捞针。"

有些书总是放错地方，想知道该去哪儿找，你只能靠猜。如果莫妮卡·阿里[1]的《砖巷》不在小说区，那它多半就在伦敦区。萨拉·沃特斯的《指匠》要是不在小说区，那它要么在伦敦区，要么就在名字古怪的女同权益区。保罗·柯艾略[2]的《牧羊少年奇幻之旅》有好几本，时而在小说区，时而在身心灵修区。杰夫·戴尔[3]的《巴黎神游》偶尔会出现在旅行区，而且我们谁也不知道他的散文集《懒人瑜伽》该如何归类，只知道它绝对不应该出现在健康专区，跟另一些标题中带"瑜伽"的书摆在一起。埃丽卡·容的《畏惧飞翔》经常出现在情色区。

在牛津街店工作也有个弊端，就是营业时间太长。早

1　莫妮卡·阿里（Monica Ali，1967— ），英国作家，孟加拉裔英国人。《砖巷》是她的处女作。

2　保罗·柯艾略（Paulo Coelho，1947— ），巴西小说家，《牧羊少年奇幻之旅》为其代表作。

3　杰夫·戴尔（Geoff Dyer，1958— ），英国作家，著有几部风格各异的小说和非虚构作品。

班早上八点开始——我那会儿往往已经抽过三支烟了——晚班要到晚上九点才结束，星期四还得一直上到晚上十点。当晚班经理特别郁闷，得应付顾客对洗手间的投诉——洗手间只在上午打扫，所以到了晚上往往已经令人反胃——有时还得在闭店前劝瘾君子从里面出来。一次，有人在店里发现一大堆粪便，我不得不戴上塑胶手套清理。它看上去很有可能来自人类，但我依然宁愿相信那是狗留下的。

我从不介意周末加班，因为我喜欢店里顾客盈门，而且在工作日休息也给人一种奢侈感。不过圣诞节期间的忙碌往往会令我不堪重负。节礼日那天我早早去上班，想确保促销的布置都已到位，路上，我发现地铁车窗内侧都结了冰。这个上午完全被无谓的活动筹备工作占据，因为上司吩咐我把情绪类书籍展示台——上面主要是一大摞《是我疯了还是一切都很糟糕？》——从店前移到店内，再移回店前。随后我们开门营业，我接待的第一位顾客就是来退货的。我查看她的收银条，输入收银编号，发现上次服务她的人正是我自己，就在我们圣诞前夜闭店前几分钟。看来在这个圣诞假期，我俩都没从消费主义手中得到多少喘息之机。

我当时正在读凯瑟琳·欧弗林[1]的《失物》，一部妙趣横生也不乏伤感的小说，故事发生在米德兰[2]的一座购物中心，这家商场很善于利用零售业的阴暗面赚钱。丽莎在一家名叫"为你选歌"的音像店当经理助理。她的上司，"瘦高、憔悴"的戴夫·克劳福德把她重新任命为当班经理，这就意味着她得值最累的班。丽莎会在清晨、半夜、星期天和银行假日值班——这些时候的顾客都是最难缠的，员工也因为不得不在休息日上班而怨声载道。

　　那时，我会坐在员工休息室里给同事们读这本书的片段，比如克劳福德在高管来店里巡视时如何变本加厉地疯狂和偏执，急切地指出"错失销售良机、销售懈怠、对商品一无所知、客服表现糟糕、地毯上粘着口香糖、员工薪资过高"等一系列问题。

　　丽莎注意到，惹恼他的问题越是女性化，他的措辞就越是"阳刚而粗暴"，比如："是哪个婊子把这块该死的招牌弄坏的?"一次，一位上级打断了我与顾客的对话，严厉地小声勒令我"赶紧找人去给礼物包装纸贴上价签，把

1　凯瑟琳·欧弗林（Catherine O'Flynn，1970— ），英国作家，《失物》是她的首部小说，曾获科斯塔图书奖最佳首作奖。
2　泛指英格兰中部地区。

台历整理好，现在这样子真他妈丢人"，我顿时想到了克劳福德那句话，不禁暗自窃笑。

我们每六周左右更换一次店内广告，外加店里所有的海报和书架上的卡条，先是"新年新气象"，接着是"情人节""母亲节""暑期读物""返校季""礼物早准备""圣诞节"，最后是"大减价"。这项工作烦琐而耗时，送来的物料数目也经常不对。任何从事这项工作的人，哪怕只沾了点边，都会不胜压力，原因很简单，尽管外人根本不会在意海报是什么颜色，内部人士却十分关心活动是否能"圆满成功"。每个参与其中的人都会没完没了地认真讨论这件事。

一次，一位新上任的区域经理来我们店铺巡视。

"你觉得我们应该如何提升服务质量？"他问我。我听了相当兴奋。之前从来没人问过我对这种问题的看法。

"我觉得店面经理不应该因为桌卡没到就情绪崩溃，"我说，"这有损员工的士气，再说，要是我们都像没头苍蝇一样四处找书架上缺失的卡条，顾客就会被晾在一边。"

他像看疯子一样看我。"我觉得吧，你这种暗示不该把活动执行放在第一位的倾向相当危险。"他说完便扬长而去。

此外还有员工制服这个灾难。某位大人物决定让店员穿上带有书店标志的黑色 T 恤，弄得大家都不开心。我们可不想感觉自己像在修车厂或超市里打工。征集大家的尺寸是我的职责，几乎所有人都对此感到愤慨。拉锯不断持续，我记得自己甚至到了这种地步，居然说："只要不必再提这该死的玩意儿，让我穿着它睡觉都行。"这是我第一次为这份工作不堪的一面感到羞耻。我的一位前男友来到店里，带着得意的笑容评价说"T 恤不错"，我顿时真切地感到自己成了超市里的上货员。差不多就在那时，我们迎来了一位从没在书业工作过的新上司，他想把我们打造成"销售助理"而非"书店店员"。大家对此也十分抵触。

我当时正在尝试网上相亲，那些约会偶尔有趣，但往往很糟糕。上班时我还得布置情人节展示区。带着灰暗的心情收集一摞摞诗歌、情书和《傲慢与偏见》，再码放整齐，这实在叫人难过。随后我突然意识到，为爱情苦恼的人肯定不止我一个，于是我想到一个主意——推出一个主题展，告诉单身人士恋爱会多么频繁而严重地出错，鼓励他们振作起来。朱利安·巴恩斯在《10½ 章世界史》中写道："诗人好像能把糟糕的爱情——自私的、龌龊的爱情——变成杰出的情诗。散文作家就没有这种巧妙的不诚实的变换能力：我们只会把痛苦的爱情写成描述痛苦爱情的散文。"[1] 在爱情这个主题上，巴恩斯一人就足以填满一整只促销箱，不过我也在其中加入了不少别的作者，我对自己的布置非常满意，它也激发了我与几位顾客妙趣横生的对话，他们与我分享了各自灾难般的恋情。

情人节那天，我下班时在邦德街地铁站附近巧遇了埃尔文，他是店里的后勤经理。"你也没约人啊?"我说，"去喝一杯怎么样?"

我们在雄鹰展翅餐厅找了张桌子坐下，聊着工作。我跟埃尔文并不是很熟。他属于那种文静而谦逊的人，我一直很钦佩他勤恳的工作态度和渊博的学识。他是荷兰人，大学学的是图书销售，曾在阿姆斯特丹的水石书店工作。他来自埃丹。"就是埃丹奶酪[2]的原产地吗?"我问。他告诉我，游客会从四面八方赶来，只为欣赏身着传统服饰的人用运河船把奶酪运到镇上。埃丹奶酪在荷兰是不带红色封蜡的，只有出口产品才有。

邻桌的一个女孩正抱着一束玫瑰哭泣。她问我要了支烟，离开时给了我一枝玫瑰。我本想让埃尔文猜猜她为什

1　译文引自《10½ 章世界史》，林本椿、宋东升译，译林出版社，2021 年。
2　荷兰埃丹出产的著名奶酪，表面常用红色的蜡包封，乃其标志。

么哭，但他好像并不关心。我们又喝了几杯，一致觉得假如哪位同事进来看见我俩共度情人节的夜晚，桌上还摆着一枝红玫瑰，一定会觉得我俩相当可疑。

如今，已经知道结局的我很想说我当晚就看出了此中的深意，但说实话，当时我并没觉察到一丝战栗、一点暗示。当然，我确实觉得埃尔文长得很有趣。他的牙齿参差不齐，两只眼睛颜色各异，但自从读过凯瑟琳·库克森的书之后，我就开始欣赏外貌上的小瑕疵，总被伤疤、杂色的头发或残缺的手指吸引，从不会被瑕疵吓退。

我跟几位同样没有安排的工作伙伴一起度过了复活节星期日。我们自称流浪儿与游民。所有人都喝得酩酊大醉，埃尔文和我在一起了。之后也一直在一起。直到今天。如今我依然欣赏他的敬业，而在酒吧和餐馆遇见神色忧伤的陌生人时，我给他们编的故事依然难以引起他的兴趣。

在牛津街，我还做了不少书籍订购工作。我会跟销售代表坐到一起，他们会给我展示出版社出售的书籍，让我决定要不要给店里订购一些。一天，企鹅图书的代表向我展示了佩内洛普·莱夫利[1]的《月亮虎》新出的企鹅现代经

1　佩内洛普·莱夫利（Penelope Lively，1933— ），英国著名作家，擅长童书创作。

典版。书做得很美。封面是红发女主角克劳迪娅卧在床上，而"月亮虎"，一盘绿色的蚊香，在角落里默默地燃烧，缓缓地起效，一点一点化为灰烬。再版书我一般只能订一本，但这一次我两眼放着贪婪的光，挥霍了一把，订了十六本。

埃尔文负责审核预支款项，他找到了我。"你是不是订了十六本再版的《月亮虎》?"

"对啊。"我尖声说道，"这一直是我最喜欢的书之一。这版还有个超美的新封面。"

"这个嘛，你最好确保卖得掉。"

亲爱的读者，我做到了。

店内活动也由我负责。我们办的不是小型的"恳谈会"，而是大型的签售会，所以打交道的主要是名人，偶尔也会有名气大到足以撑起这种大规模活动的作家。在十八个月的时间里，我曾被扎迪·史密斯[1]迷倒，让莎伦·奥斯本[2]责骂，得到过大卫·贝克汉姆的微笑、特蕾

1　扎迪·史密斯（Zadie Smith，1975— ），英国小说家、散文作家，著有《白牙》《美》等作品。

2　莎伦·奥斯本（Sharon Osbourne，1952— ），英裔美国电视节目主持人，音乐经理和作家。

西·埃敏[1]的拥抱，还跟伊万·麦格雷戈[2]一起抽过烟，收到过理查德·梅奥尔[3]的性爱邀约。我觉得他是开玩笑的。我还发现，尽管大多数作家都出人意料地平凡，但许多名人都非常古怪，古怪到让人相信名气本身肯定具有腐蚀作用。体育名人一般比较平易近人，因为他们刻苦、自律、务实。我最不喜欢的一类名人是喜剧演员，他们似乎打定主意不让任何人从他们身上免费得到任何快乐，把这视作一项原则。名厨则因人而异，他们往往十分虚荣而好强，总想确认自己的书比竞争对手的畅销。不过面对给成百上千本书签名这项体能挑战，他们从来没有丝毫怨言。

我发现大多数名人都比想象中矮小，只有大卫·哈塞尔霍夫[4]除外，他差不多有八英尺[5]高。凯蒂·普莱斯[6]十分甜美，脾气也好，虽说那天她的短裙滑了下来，我们不得

1　特蕾西·埃敏（Tracey Emin，1963— ），英国艺术家，以自传体和忏悔艺术闻名。

2　伊万·麦格雷戈（Ewan McGregor，1971— ），苏格兰男演员，曾出演《猜火车》等影片。

3　理查德·梅奥尔（Richard Mayall，1958—2014），英国演员、喜剧人、作家，20 世纪 80 年代另类喜剧先驱。

4　大卫·哈塞尔霍夫（David Hasselhoff，1952— ），德裔美籍演员，曾出演《霹雳游侠》与《海滩救护队》。

5　约 2.4 米。作者有所夸大，大卫·哈塞尔霍夫的实际身高是 1.93 米。

6　凯蒂·普莱斯（Katie Price，1978— ），英国艺人、模特儿、作家和歌手。

不从约翰·路易斯百货买来安全别针，她才得以继续出席活动。我最糟糕的一次经历要数贝利[1]受够了眼前的一切，突然愤然离场，把我们和几百来号沮丧的顾客晾在原地，他们已经排了好几个小时的队。而且由于《星期日交易法》[2]的规定，我们还不能给他们手中尚未签名的书退款。那真是一场噩梦。不过有天晚上，扎迪·史密斯给我签了一本《美》，还写下这样的题词："感谢你带我走进神秘的后台。"这感觉实在妙不可言。还有一天下午，劳伦·白考尔[3]——她既倦怠又腻烦——想在刚才提到的后台多待一会儿，趁我们一起坐在阶梯凳上，她让我给她一一介绍那些存货都是什么书，这将成为我终生难忘的经历。

　　我在《哈利·波特与混血王子》出版前夕接受了媒体发言培训，以便能应对采访。我觉得这很刺激，而且那晚登上电视和广播的经历也有趣极了。我们店在三小时内接待了近两千名顾客，这实在令人兴奋，虽说我撤掉了一道防护栏，还不知怎么闪了腰，到现在也没恢复。我喜

1　此处指巴西足球巨星贝利。

2　这项 1994 年通过的法案规定，面积超过 280 平方米的大型商铺星期日最多只能在上午 10 点到下午 6 点之间连续营业 6 小时。

3　劳伦·白考尔（Lauren Bacall，1924—2014），美国电影及舞台剧演员、模特及作家。

欢接受采访，它把同陌生人谈论书籍这件事推向了全新的高度。接下来几个月，我代表书店接受了《书商》杂志和《卫报》的采访，出现在一部关于乔吉特·海尔的纪录片里，还受邀在一档短暂存在的栏目里推荐一本书。我推荐了《月亮虎》。"你真的很擅长这个，"制作人说，"你应该多做这种工作。"可是该怎么做？我简直想大喊。怎么才能多做这种工作？但我连发问的勇气都没有。我太腼腆了，羞于承认自己的渴望。

那年圣诞节我临时值班，得同时兼顾牛津街店和皮卡迪利旗舰店的活动。皮卡迪利店所在的建筑十分庞大，电梯常出故障，让人很难搬运存货——或是置备圣诞节顾客之夜所需的葡萄酒和百果馅饼。到了元旦，我已是筋疲力尽。我的嗓子完全哑了，在伊恩·兰金的活动上，我不得不中途离开房间，因为我一直咳个不停。他十分通情达理，并不介意得自己介绍自己。

尽管我喜欢那种兴奋，却还是很难不讨厌某些来店里参加名人见面会的顾客，他们总是铁了心要见到那位名人，为达目的不择手段。在那些排队只为一睹保罗·麦卡特尼或U2乐队风采的人中，有人深信，只要我这种无聊的工作人员不要碍他们的事，他们就一定能跟偶像交上朋友。让我深感挫败的是，有个可憎的女人到我的上司面前诬告我，结果成功免费得到一本签了名的书。那天夜里我哭着入睡，绝望地想到自己已经三十好几，如此辛劳地做着一份薪水微薄的工作，却还要受制于那些想让我的日子雪上加霜的人。我想到了另谋职业，却再次被那些申请表吓退，从没填完过一份。

一天上班时，我信步踱到地下室的心理自助书目区。我原本对这类作品有些不屑，有点怜悯那些买了《规则》的眼神忧伤的女士，但我想去那儿瞧瞧职场相关的书籍。其中一本书封面上写着这样一句话："何不试试身兼数职?"我站在那里，穿着我那件带店标的 T 恤，赶在有顾客前来打断、把他们的意志强加于我之前悄悄把它飞速浏览了一遍，边读边琢磨：像我这样的人，该怎么他妈的身兼数职? 我感觉自己彻底被困住了。我从没完全走出失去马蒂的伤痛，它会骤然浮现，毫无征兆地威胁要将我吞没。不过我已经把它深埋在心底。在醉醺醺地向任何愿意聆听的人倾诉了这么多年之后，我才终于明白没人真的想听，所以我把悲伤都藏在心里。

生活缓缓向前，波澜不兴。我父母带埃尔文和我去巴黎度周末。我很喜欢塞纳河畔那些卖画的小货亭，幻想自己也能开一家这样的书店。我不会来者不拒，只会陈列十到十二本我从小到大最喜欢的书，把它们塞给那些看上去很需要好好读一本书的人。我们偶然发现了一家名叫"红色独轮车"的英文书店，我给妈妈买了一本《月亮虎》。在前台，我跟店主聊起卖书这件事。"如果你哪天想找工作……"她说。

说句心里话，我特别心动。这为什么不是在我遇见埃尔文之前？回店里上班后，当我看到内部招聘公告时，我也是这样想的。科克[1]！我可以住在父亲的出生地，多花点时间跟我的爱尔兰亲戚们相处。不久，我又听说哈查兹书店在招聘经理助理。自从多年前在玛丽·韦斯利的小说中读到那家书店之后，我就一直很喜欢它。而且他们不要求员工穿制服！我很享受那场面试，当天的面试官成了我的新上司。几天后，他偶遇了埃尔文，对他说："她很棒，就是有股子疯劲儿。"

"大概是有点异于常人吧。"埃尔文说。

我在牛津街水石书店办的最后一场活动是凯莉·米洛[2]的见面会——她娇小玲珑，很招人喜欢——那天正好

1　爱尔兰第二大城市。
2　凯莉·米洛（Kylie Minogue，1968— ），澳大利亚歌手、作曲家、演员。

也是埃尔文三十岁的生日。如今，书店的旧址已经成了一家优衣库。我经常路过那里。上次路过时，路边热狗摊的香气瞬间把我拽回到下班后在约克公爵酒吧或雄鸡客栈小酌的日子，还有那些在汉威街上的西班牙酒吧度过的深夜。我还记得吉莉恩·麦基思博士[1]来宣传《吃什么就是什么》那次，我在员工休息室开玩笑说要是果真如此，那我应该最接近一品脱拉格啤酒，上面漂着几个烟头，旁边还有一块吃了一半的热狗。

我念念不忘的是同事之间的情谊与玩笑。我们那时有一大片情色图书区，那里有一张推荐卡，写着"这本书让我好有感觉"，我们会随机找一本书，把它压在底下。我每次路过它总会忍俊不禁，现在想到依然会嘴角上扬。

搬家前，我在检查装箱物品时发现了同事们给我的离职卡片，上面写满了美好的留言。埃尔文写的是："祝你在哈查兹好运。真高兴我们还能天天见面。"

1　吉莉恩·麦基思（Gillian McKeith，1959— ），苏格兰电视明星兼作家，传播各种关于健康与营养的伪科学思想。

糟糕的爱

爱情出错时更有意思、更值得书写，这是一条举世公认的真理。要是在小说开头读到一对婚姻幸福的夫妇，你立刻就会明白他们肯定好景不长。其中一个会欺骗另一个——或者他俩会合起来欺骗大家。欺骗、通奸、迷恋与背叛，这些元素都能为小说增色，某些最好的小说讲述的正是心事引起的绝望与幻灭。

《尚待商榷的爱情》/《爱，以及其他》*Talking It Over/Love, Etc*
朱利安·巴恩斯 著

在《尚待商榷的爱情》中，斯图尔特、奥利弗和吉莉安——三角恋的三位主角——分别从各自的角度讲述了吉莉安如何从最初跟斯图尔特在一起到最终与奥利弗牵手的故事。在《爱，以及其他》中，我们与十年后的他们重逢，看到了一切如何变迁。因为故事尚未结束，斯图尔特如是说。或许他倒希望故事已经有了结局："但生活是绝不会放过你的，是不是？你无法像放下一本书那样放下你的生活。"[1]

---

1 译文引自《爱，以及其他》，郭国良译，文汇出版社，2018，略有改动。

《心痛》 *Heartburn*

诺拉·艾芙隆[1] 著

怀第二个孩子七个月时,诺拉·艾芙隆发现丈夫与他们一位共同的朋友有染。她母亲总告诉她"世事皆文章",于是她把这段经历写成了一部绝妙的喜剧小说。我常常重读的那个版本附有一篇精彩的序言,写在二十二年后:"我当即明白这段婚姻完了,有一天它或许能变成一本书——只要我能止住眼泪。"

《属于你的一切》 *What Belongs to You*

加思·格林威尔[2] 著

一位美国教师在索菲亚国立文化宫[3]的洗手间遇见一位名叫米特科的年轻人,旋即深陷对他的欲念。这部篇幅不长、美得令人心碎的小说充满禁忌的单恋带来的那种灿烂而凌乱的疼痛。这本书有点像威廉·萨默塞特·毛姆的《人性的枷

---

1 诺拉·艾芙隆(Nora Ephron,1941—2012),美国电影制片人、导演、编剧、小说家、剧作家,以善于创作浪漫喜剧而知名。
2 加思·格林威尔(Garth Greenwell,1978—),美国小说家、诗人、文学评论家和教育家,曾在保加利亚生活。
3 位于保加利亚首都索菲亚的一座会议和展览中心。

锁》，捕捉到一个可怕的真相：知道对方不值得爱，并不能消除我们博得他们欢心的渴望。

《恋情的终结》 *The End of the Affair*

格雷厄姆·格林[1] 著

"不快乐的感觉要比快乐容易表达得多。"[2] 莫里斯·本德里克斯与萨拉·迈尔斯的婚外情，结束在一枚炸弹落入他的公寓之后，当时他们刚做过爱。本德里克斯想不通萨拉为什么不肯再跟他见面，陷入痛苦的嫉妒。两年后，他偶遇萨拉的丈夫，再次陷于对一个难以捉摸的女人的迷恋。

《苹果园》 *Apple Tree Yard*

露易丝·道蒂[3] 著

德高望重的科学家伊冯娜·卡迈克尔在作证之后走出下议院专责委员会，遇见一个她认为迷人得危险的男人。她不计后果，跟他在位于地下的小教堂里发生了关系，一段恋情

1　格雷厄姆·格林（Graham Greene，1904—1991），英国小说家、剧作家、评论家，曾多次诺贝尔文学奖提名。

2　译文引自《恋情的终结》，柯平译，译林出版社，2008 年。

3　露易丝·道蒂（Louise Doughty，1963— ），英国小说和非虚构作家，同时也是剧作家和记者。

就此展开，它将她带上老贝利街[1]的被告席，又带向一连串背叛中的最后一次。我喜欢小说对这个女人剥茧抽丝般的塑造，喜欢书中详细入微的伦敦地理知识，也喜欢它揭示苹果园重要含义的方式。

《渺小一生》 *A Little Life*

柳原汉雅[2] 著

裘德、杰比、威廉和马尔科姆在纽约闯荡。这本书起初很像一部传统的大学毕业生小说，但情节很快急转直下，我们逐渐得知了裘德过去的秘密，因为这些秘密，他始终无法完全活在当下。亲爱的读者，实不相瞒：这本书几乎不会带来任何慰藉或欢乐，但这是一部天才的作品，探讨了爱的极限这个艰深的问题。

---

1 指中央刑事法院，其所在街道俗称老贝利街。

2 柳原汉雅（Hanya Yanagihara，1974— ），日裔美籍作家。《渺小一生》是她的第二部长篇小说，曾入围包括布克奖在内的多项文学大奖决选名单。

黑色星期一

哈查兹是全英格兰最古老的书店——1797 年由约翰·哈查德创立——坐落在皮卡迪利街，毗邻福南梅森百货。我们有不少顾客会从乡下专程赶来造访这两家店铺，逛完再去吃午饭。他们跟我想象中一样，仿佛是直接从玛丽·韦斯利的小说中走出来的人物，我很喜欢观察他们。他们通常都很有礼貌，比哈罗德百货的顾客和牛津街那些好人儿都要礼貌得多，后者总是疲惫不堪、行色匆匆，往往利用上班时短暂的休息时间来买书。哈查兹的顾客彬彬有礼，而且你要是精通业务——我的确如此——他们还会对你赞许有加。他们往往上了年纪，我已经习惯了他们以字体太小为由拒绝我的推荐。我喜欢他们，喜欢这些体面的老者，暗自希望自己是他们的孙辈，他们赠送礼物的对象。

有的男顾客会说："我不看女人写的书。"但我常常能把某些书塞到他们挑好的书里，不厌其烦地大力推荐，然后说："哦，可惜这本书是女人写的。"作势要把书放回桌上。这时他们已经被吊足了胃口，会一把夺过那本书，就这样，我在哈查兹改变了不少男人的阅读习惯。最令我回味无穷的那次发生在楼上的军事历史区，我在那儿跟一位穿粗花呢的老先生聊了半晌，他正在选购关于诺曼底登陆的书籍，他说："对一个女人而言，你的战争知识可真不少。"

哈查兹的工作时间也更加合理，晚上七点就闭店。这栋建筑有些年头了，只装了一部电梯，还常出故障，所以我很多时候都在替那些拄拐杖的顾客沿着楼梯跑上跑下，空调时好时坏，它罢工时店里会热得像蒸笼，每到这时这个活儿就特别累人。我参加了管理人员培训课，其中一部分内容就是应对突发状况。具体做法是弄清哪些因素是你能掌控的，并集中精力处理它们。在一个炎热的星期六，我学以致用。"好吧，"我告诉自己，"电梯故障、空调失灵、三个人同时请病假，这些都不是我能控制的，但我可以控制自己的反应。"

有时店里会停电。在遥远的过去，这家书店曾是两座建筑，电路分布在不同的电网上，所以可能会出现电灯能亮却用不了电脑的情况。其实我还挺喜欢停电的，因为那样我们就只能依赖自己的头脑。有一次，地下室陷入黑暗，我们不得不疏散顾客，但有个男人却赖在情色专区不肯离开。最终我只能留他待在那里，一小时后电灯亮起时，他居然还在原地。

我在前台工作了很长时间。购买《滑流》的顾客特别多，那是伊丽莎白·简·霍华德[1]新出版的回忆录，讲述了她极具小说色彩的一生，她与彼得·斯各特爵士[2]缔结的战时婚姻，以及她数不清的风流韵事和随后的第二段婚姻，再后来，她在切尔腾纳姆文学节[3]结识了金斯利·艾米斯[4]，最终嫁给了他。

我利用休息时间读完了《滑流》，随后又一头扎进了《卡扎勒特编年史》，发现霍华德已经在小说中使用了不

1　伊丽莎白·简·霍华德（Elizabeth Jane Howard，1923—2014），英国小说家，著有 12 部小说，包括畅销作品《卡扎勒特编年史》系列。

2　彼得·斯各特（Peter Scott，1909—1989），英国鸟类学家、环保人士、画家、海军军官。

3　世界上历史最悠久的文学节，始于 1949 年，每年 10 月在英国南部温泉小镇切尔腾纳姆举办。

4　金斯利·艾米斯（Kingsley Amis，1922—1995），英国小说家、诗人、评论家。

少自传性素材，把自己的经历安插在人物身上。这个系列始于《光年》，小说从 1937 年写起，当时卡扎勒特家族的成员对希特勒的危险程度有着不同的看法。卡扎勒特几兄弟在家族经营的伐木公司工作，他们的妻子对性持截然不同的态度。爱德华常常掀起薇莉的睡衣，薇莉觉得这是一份苦差，但她母亲却叮嘱她千万不要拒绝，于是她逐渐形成了一种嫌恶却忍受的态度，以为这能证明她的爱。西比尔崇拜休，想要抚慰他的头疼和身体各处的疼痛，这些疼痛，外加一只截肢的手，是战争在他身上留下的印迹，不过即便如此，西比尔依然担心再次怀孕。鲁珀特的妻子佐薇娇生惯养，别人都说她是个充满性魅力的女人，但我们很快得知她的父亲死在了索姆[1]，她五岁就不得不被送进寄宿学校，好让母亲能在伊丽莎白·雅顿[2]公司打一份工，终日为女士们做脸。佐薇在读《飘》，很喜欢其中的激情场面。这暗示佐薇如同郝思嘉，"像汤碗一样肤浅"。

战争即将来临。一战的影响尚未褪去，第二场战争的威胁也日益迫近。休认为轻描淡写地把希特勒斥为荒谬或

1　索姆河战役发生在 1916 年，是第一次世界大战中规模最大的会战。

2　美国化妆品牌。

疯狂是个错误，担心他眼中缺乏领袖气质的张伯伦无法让人们认清现实。

每次重读《卡扎勒特编年史》，我都会贪婪地汲取书中丰富的家庭生活细节，几乎能尝到那些食物的滋味：煮熏火腿配欧芹酱和蚕豆、俄式奶油蛋糕、蜜糖果馅饼、特里牌苦巧克力、海滩上的保卫尔热牛肉汁、早餐桌上的腰子、防油纸包裹的羊脑。人们大量地饮酒，大量地抽烟——许多情节发生时，他们都一手端着干马提尼酒，一手夹着香烟。

主仆的生活有着天壤之别。夫人们戴的是钻石做的箭头饰品；仆人们戴的是草帽。女人们来月经时会从内衣柜里翻出法兰绒布，叠成长条。脏衣袋会被送进洗衣房，标上"卫生巾"字样。仆人和女主人的脏衣袋是分开放的。

我们在《光年》中第一次见到了孩提时代的卡扎勒特姐妹——露易丝、波莉和克拉里——她们都充满创造力与艺术才华，总是受制于差劲的男人，霍华德本人也一样。劳里·李[1]告诉霍华德，像她这么美的女人成不了好作家。

1　劳伦斯·爱德华·艾伦（Laurence Edward Alan，1914—1997）又名劳里·李（Laurie Lee），英国诗人，小说家和编剧。

阿瑟·库斯勒[1]喝令她闭嘴、好好吃饭。金斯利·艾米斯在好不容易抽空读了她的一部小说之后感到终获解脱，并惊讶地发现其中尚有可取之处。霍华德跟艾米斯同居期间没写什么东西，而是忙着为他斟酒，替他照顾孩子。后来，她在一次采访中说"金斯利不是那种会煮鸡蛋的人"，这或许堪称史上最精辟的十三字短句。我喜欢在回顾自己灾难般的恋情时读这几位年轻女子的故事，那些恋情都已是前尘往事，因为如今的我正和我那位腼腆的高个子荷兰丈夫生活在一起。

在哈查兹工作时，我养成了随时保持一项阅读计划的习惯。这始于某一年的新年愿望，那时我决心读完安东尼·鲍威尔[2]那套十二卷本的《随时间之乐起舞》——我在当时的日记中写道："真高兴我这么做了，也真高兴我终于把它读完了。"我觉得这个办法特别好，决定不把它局限在一月，并立即开始读西蒙·雷文[3]那套长达十卷的《遗忘

1　阿瑟·库斯勒（Arthur Koestler，1905—1983），匈牙利犹太裔英国作家、记者和批评家。

2　安东尼·鲍威尔（Anthony Powell，1905—2000），英国小说家，《随时间之乐起舞》是其代表作。

3　西蒙·雷文（Simon Raven，1927—2001），英国作家、剧作家、散文家、电视作家和编剧。

的施舍》——"非常非常精彩"——随后是约翰·高尔斯华绥[1]的《福尔赛世家》，并最终在普鲁斯特面前败下阵来。

许多作者会来哈查兹给作品签名，为此我们专门准备了一张漂亮的半月形小桌。书店每年都会办一场"年度作者"派对，来宾会在一本美丽的皮面笔记本上签名。我常常在上货时构思历史犯罪小说：比如有位作者会在派对上死于非命，而身为书店店员的女主角——很像我本人——不得不与一位侦探一起探寻真相。

我们书店最棒的地方之一是地下室，里面摆满平装小说。我会按字母顺序整理乔吉特·海尔的作品，借此舒缓情绪，并把它们推荐给店里那些想读点纯英式作品的美国顾客。这些作品中包含一些精心查证的史料与大量的幽默，能让人从逃离现实中得到慰藉。谈到自己的创作，乔吉特·海尔如是说："写出这些毫无意义的东西，我都觉得自己该被枪毙。但毫无疑问，这是很好的遁世读物；我想要是我正坐在空袭之下的防空洞里，或是正从流感中康复，应该会很愿意读这些书。"她还写过几本犯罪小说，恰好都在我为哈查兹效力期间再版，于是进入了我们可爱

1　约翰·高尔斯华绥（John Galsworthy, 1867—1933），英国小说家、剧作家，1932 年诺贝尔文学奖获得者。

的经典犯罪小说区。这些作品往往十分滑稽。乔吉特·海尔应该不会知道"爹味说教"这个词，但她的小说中却处处充斥着居高临下、专横无礼、自以为无所不知的男人，还有迷人且往往放浪形骸的男主角。

那段时间我非常需要遁世文学。2007 年 1 月的一天早上，埃尔文和我去医院做了孕期扫描。我们非常兴奋。同一天，我妈妈也要去康沃尔的一家医院就诊，检查她腋下的一个囊肿。她并不怎么担心。这东西她以前长过好几个，都是良性的。

而就在那一刻，就在你躺在那里，肚子上涂满凝胶时，你突然意识到 B 超医生正在做心理建设，准备告诉你不幸的消息。我们跌跌跄跄地走出医院，我坐在一处毗邻公交站的墙头上哭泣，埃尔文紧搂着我。回到家，我给妈妈打了个电话。是爸爸接的。妈妈看医生的时间比预想的长。我把流产的事告诉了他。"这是正常现象。"我转述了 B 超医生的话，说，"这种情况在孕早期很常见。"我一下午都躺在床上，埋在枕头里为失去的小宝宝哭泣。时间一分一秒地流逝。我给妈妈打了电话。又是爸爸接的。"等她出来我们会给你打电话的。"他说。

妈妈将近傍晚才打来电话。她问了我在医院的情况，

159

我如实相告。接着，她说："唉，我有个消息，不知该怎么告诉你。"她那一整天都在做各种扫描，他们有 95% 的把握确定她患了乳腺癌。我顿时感觉透不过气来。我本以为自己已经足够悲惨，没想到居然还能雪上加霜，这实在让人手足无措。妈妈一步一步地告诉我她接下来要做什么：更多的扫描，更频繁地就诊，还得做活检。她很镇定。我却泣不成声。"听我说，"她说，"乳腺癌的预后还不错。而且我今天在想，假如这就是结局，那它至少发生在你三十五岁这年，而不是两岁、五岁或者十岁时。我们至少共度了三十五年。"

我在哈查兹的上司给了我莫大的支持，在随后的几个月里，我调整了工作班次，可以集中上几天班，然后坐卧铺火车去康沃尔跟父母待上几天，陪妈妈化疗，再坐卧铺火车返回伦敦、投入工作。这时常悲伤而艰难，我们都很害怕，但我们还是决定尽量在见面时高兴点儿。我们被假发逗得哈哈大笑，妈妈觉得自己戴假发的样子太过时髦精致，不大真实。她最终挑了一套俏皮的航海头巾。大家总是夸她乐观，她觉得这很好笑。"我就不明白了，如果我这么乐观，我一开始是怎么患上癌症的？"

她不大想见人。化疗让她感觉自己在散发毒素，甚至会传给别人。后来，她把跟化疗沾边的东西全都扔了。

我父母的书架上有一本蓝色封皮的达芙妮·杜穆里埃康沃尔小说精装合订本，我每次回去都会读其中一部，每次读的都不一样。爸爸也越来越爱读书了。在一起参加了牛津街店的一场活动之后，我送给他一本大卫·贝克汉姆的签名自传。我并不指望他真的会读，但他很为我的工作骄傲，也很喜欢大卫·贝克汉姆，所以我觉得他应该会想要一本。没想到他读得很起劲，接着又读了几本别的体育明星传记，继而开始涉足惊悚小说。

他提出想读一本经典，于是我从书架上翻出一本《简·爱》。下次回家时，我问他读得怎么样。他显得沮丧而羞愧，告诉我他看不懂。我很意外。我选中《简·爱》是因为我觉得这本书的开头很好进入，也很易懂。我从桌上拿起那本书，发现上面满是学究气十足的大段解读，因为那是我大学时的一本课本。爸爸平时很少读书，所以不知道他可以跳过这些内容。难怪他读得那么吃力。

接下来那几个星期，他继续读我推荐的书。要是不喜欢哪本书，他会倾向于责怪自己不够聪明。"你就把它想成电视节目，或者歌曲，"我说，"你有权不喜欢它。并不是每样东西都合你胃口。"我没想到的是，他并不想读太多以爱尔兰为背景的书。他喜欢布伦丹·贝汉的《劳教所男孩》和《一名爱尔兰叛军的自白》，因为这些作品十分幽默，但我后来把另一些关于爱尔兰的书推荐给他时，他却觉得它们非常压抑。他不想读书写贫困和邪恶教士的书。这些他小时候已经见得够多了，他说，所以宁可忘记也不要想起。

这是个奇特的转变。从小到大，我都是跟妈妈聊书，可她现在已经没精力读书了。每次做完化疗，她都会难受得打不了电话，所以总是爸爸打来电话，告诉我她的状况和预期的一样好，然后我们会聊起他最近在读什么书。跟他聊书很让人兴奋，他的观点往往出乎我的意料。他并没受过什么正规教育，这意味着他的思考很有原创性。他的想法跟我的书商思维截然不同，他并不给书划分类别，所以在读威廉·博伊德的《凡人之心》时，他还以为它真是一本日记而非小说。而且他一点也不势利。不会根据作品的文学成就把它们分成三六九等。他跟哈查兹的许多顾客不同，不会区分男女作者，相信每本书都有其独到之处。"别人都盯着我瞧，"那年夏天，他说，当时他正穿着短裤，腿上的龙纹刺青一览无余，"没人见过身上有这么多文身的人居然捧着本书在读。"

行为不羁的上流人士

在一次次漫长的车程中，我读了不少书，一本接一本地读表现"上流人士行为不羁"的书，这类书籍在哈查兹非常畅销。也许我喜欢这类作品是因为它们跟我自己的生活截然不同，也可能是因为它们透出一种欢快，仿佛在说"我他妈的才不在乎"。书中人物往往在陷入麻烦时隐忍克制，或是在人生的悲剧面前开似是而非的玩笑。在那个诡异而伤感的时期，这正是我需要的。

《爱的追寻》 *The Pursuit of Love*

南希·米特福德[1] 著

范妮和她的一群表亲一起在洪斯社[2]的壁橱里度过了童年时光，谈论生命与死亡。琳达迫不及待想要长大、恋爱，但她眼光不佳，最终流落巴黎北站，坐在行李箱上抽泣。法布里斯出现了，这位富家公爵拯救她、爱她，直到战争让他们分离。

1　南希·米特福德（Nancy Mitford，1904—1973），英国小说家、传记作者、新闻记者，米特福德姐妹中的老大。

2　书中角色拉德利特家子女成立的秘密社团。

我很早就发现了南希·米特福德，在斯内斯图书馆从吉莉·库珀的选集《英伦之爱》中读到过她，从此就被她深深吸引。

《洪斯社与反叛者》 *Hons and Rebels*
杰西卡·米特福德[1] 著

南希·米特福德的不少小说都以她与六个弟弟妹妹的童年生活为蓝本，他们中的一个——贾西——总在存钱，她会把圣诞礼物卖了换钱，为将来离家出走积攒本钱。在这本书中，南希的妹妹杰西卡现身说法，以回忆录的形式讲述了自己真实的逃离：她与表哥埃斯蒙德私奔，一同奔赴西班牙内战的战场。

《达夫·库珀[2] 日记》 *The Duff Cooper Diaries*
约翰·朱利叶斯·诺威奇[3] 编

达夫·库珀，这位军人、政治家兼外交家，嗜好高档葡

1　杰西卡·米特福德（Jessica Mitford，1917—1996），英国作家，米特福德姐妹之一。

2　达夫·库珀（Duff Cooper，1890—1954），诺威奇子爵，英国保守党政治家、外交官和军事历史学家，曾任英国驻法大使。

3　约翰·朱利叶斯·诺威奇（John Julius Norwich，1929—2018），英国历史学家，第二代诺威奇子爵，达夫·库珀与黛安娜·库珀之子。

萄酒，对任何类型的女人都来者不拒，并且沉迷其中，尽管他同时也真挚地爱着妻子黛安娜。这部日记记录了他对 20 世纪重大政治事件的观察，当中穿插着一连串的调情、碰壁与炽热的激情，还掺杂了国家政务、坊间传言和打情骂俏，令人欲罢不能。我喜欢书中的这句："她是我吻过的第一位未婚女子，妓女除外。"

《亲爱的怪兽》 *Darling Monster*

黛安娜·库珀[1] 著

作为贵族、演员兼社交名媛，黛安娜夫人与政治新星达夫·库珀缔结婚姻，奠定了这对夫妇在 20 世纪上半叶统治阶层社交生活中的核心地位。书中这些由黛安娜夫人写给儿子约翰·朱利叶斯·诺威奇的信件自 1939 年持续至 1952 年，跨越了战争时期和达夫在英国驻巴黎大使馆任职时期，为他在日记中记述的事件提供了另一个视角。这些信洋溢着母爱，也记录了许多骇人听闻的轶事。

1　黛安娜·库珀（Diana Cooper，1892—1986），诺威奇子爵夫人，达夫·库珀之妻，社会名流。

165

《马普与露西娅》 *Mapp and Lucia*

E. F. 本森 [1] 著

因为爱说意大利语，埃米琳·卢卡斯又被称作露西娅。当她搬到蒂灵镇，从马普小姐手中租下马拉德别墅时，一场社会地位争夺战爆发了。马普小姐想独霸露西娅，露西娅却奋起反抗，用一连串令人难以拒绝的桥牌聚会、音乐朗诵会和游园会赢得了蒂灵镇上那些好人儿的心。马普会如何报复呢？

1　爱德华·弗雷德里克·本森（Edward Frederic Benson，1867—1940），英国小说家、传记作者、回忆录作家。

读者，我嫁给他了

2009 年的复活节星期六，埃尔文和我在里士满的一个登记处注册结婚，那地方离弗吉尼亚·伍尔夫的故居不远，拐个弯就是米尔斯与布恩出版社在天堂路上的办公室。当时我正怀着我们的儿子马特，已经有六个月的身孕，妈妈也从癌症中康复，头上缀满短而浓密的灰白卷发。化疗让她虚弱了不少，不过她很高兴自己能活下来，还说她每天早晨醒来都庆幸自己又多活了一天。

我们婚礼上的宾客除了亲戚，基本都是水石书店的员工。我的前夫约翰是我们的见证人之一。几个月前，我在他的婚礼上做了朗诵，他娶了我在哈罗德百货认识的好友莉齐。我们婚礼这天是个好日子，水仙四处盛放。我事先并不知道，不过玛丽昂姨妈告诉我外祖父母结婚那天也是复活节星期六。他们最爱的歌曲是弗兰基·瓦利[1]的《我的视线无法离开你》，我们午餐时在一间河畔小餐厅楼上的房间里放了这首歌。

当时我已经当上了水石书店特丁顿[2]分店的经理。这是一间可爱的小书店，从早上九点营业到下午五点半，顾客里有很多常客。这间店面很小——这种规模的书店，皮卡迪利店的一层就能容纳三四间——所以也出不了太大的岔子，只是我得习惯店里的存货不那么齐全。刚来那会儿，我会跟顾客聊着聊着就推荐了一本店里没有的书，不过我后来订了一些自己特别喜欢的书，希望能不失时机地让更多人喜欢上《月亮虎》或《不是那种女孩》。埃尔文当时在总部工作——牛津街店歇业后，他在退货部门得到了一份工作——所以他周末都有空，常常跟我一起到店里来，干点儿上货之类的活儿。做排班表和计算工资花不了多少工夫，所以我大部分时间都待在前台——那是店里唯一的桌子——跟同事和顾客在一起，他们都十分讨人喜欢。这里没有大型活动，也没有名人，只有日常生活愉悦的律动。就连圣诞节也是那么有趣，我们的顾客会带来自制的百果馅饼。

1　弗兰基·瓦利（Frankie Valli, 1934— ），美国流行歌手，四季乐队主唱。
2　伦敦西南的一个地区。

眼看我的肚子日渐隆起，员工们对我格外照顾，顾客们也会给我提各种建议，轻拍我的肚子。我知道有些女人不喜欢这样，但我决定把这视作祝福，视作人们对新生命表达爱意的本能。我感觉自己处在这个小群体的中心，大家都很爱护我和宝宝。

我的阅读习惯也发生了改变。一天午餐时，我从推车上取走林伍德·巴克雷[1]一本新小说的校样。我很快就把它放回了原处。我预感有个孩子会失踪，明白自己无法承受。从此，我与犯罪小说之间形成了一种崭新的关系，一直持续至今。怀有身孕的我已经读不了小孩子遇险的故事了。

孕晚期有一阵子，我突然除了育儿手册什么也不想读，只想重读乔吉特·海尔的作品和那种没有血腥场面的温和型犯罪小说。我会信步蹓到奇西克图书馆，坐在外面那张长椅上晒太阳，长椅上有个牌子，上面写着："献给我的母亲，一位勇敢而富有同情心的女性。"我重读了卡德法尔系列小说，书中充满前面那句话中提到的品质，我

---

[1] 林伍德·巴克雷（Linwood Barclay, 1955— ），加拿大作家，他创作的侦探小说十分畅销。

还买了一本可爱的书，凯特·莫斯[1]的《成为母亲》。我在浴缸里读这本书，看着宝宝在我皮肤之下活动。

马特显然很喜欢在我肚子里蹦跶，因为即便到了预产期，甚至预产期过后，他还待在那里。埃尔文说埃丹人以顽固著称，马特一定是个顽固的小埃丹人[2]，迟迟不肯出来。

两周之后，我做了引产。分娩过程十分艰难，最终不得不实施紧急剖宫产手术。我在发烧，所以马特也需要抗生素，医生们往他脚上插套管时，他嘶声哭嚎。那一晚，他睡在我床边一只透明的塑料婴儿床上，我环视四周，看到别的母亲和婴儿，胸中盈满忧虑的爱。我们能应付得来吗？

自从有了宝宝，我的心肠变软了，开始关心每个婴儿的命运。我一直都很容易落泪，可现在，我简直成了爱哭鬼。只要有任何蛛丝马迹暗示某个孩子可能遭遇了危险或是麻烦，甚或只是有些孤单，我都会泣不成声。

出院回家后，我开始以马特的口吻写日记，记录他的小睡和进食："我待在我的睡袋里，妈妈和爸爸希望我能

1　凯特·莫斯（Kate Mosse，1961—　），英国小说家、非虚构类作家、播音员。
2　原文为荷兰语。

静静躺在小床上……夜里我哭个不停，没人知道是怎么回事……妈妈哭了，因为她怎么也打不开吸奶器……我吐了一大摊东西在妈妈身上……助产士来了。我是个健康的宝宝！……约翰和莉齐来看我……爸爸正在给我换尿布，我尿了他一身，妈妈觉得这好笑极了……"

我盼着休产假，只有还没开始照顾新生儿的人才会有这种想法，以为自己还会有时间阅读、写作。而实际情况是，我的脑子成了一团糨糊，分娩弄得我筋疲力尽、备受撕扯，我大部分清醒的时间都在以泪洗面。并不是我有多难过，我只是觉得这一切实在难以承受。我读过的书都没有给我做过任何思想准备，我对这份在我满目疮痍的身体里兴风作浪的痛苦的爱与恐惧毫无准备。我不断想起戴维·洛奇[1] 的一句话："文学主要聚焦于性爱，却不去表现生儿育女，而生活则恰好相反。"我找到一本名叫《产后生活》的书，作者是凯特·菲格斯[2]，这本书让我受益匪浅。我在日记中写道："我不能因为一切不够完美就灰心丧气。凡是跟婴儿有关的事都艰难得要命，我最好接受这

1　戴维·洛奇（David Lodge，1935— ），英国作家、评论家，曾任伯明翰大学的文学教授。
2　凯特·菲格斯（Kate Figes，1957—2019 ），英国作家、记者。

个现实。"

我很高兴至少能有一年不必在圣诞节期间工作，可是那年秋天，当我推着马特的婴儿车逛奇西克水石书店时，我懊恼地发现桌上摆的书自己一本都没听说过，受不了自己居然成了外行。或许这就是我想重拾新书阅读的头一个信号。我常带马特去图书馆读打油诗、唱儿歌，好让自己能出门走走。我们只去过童书区，但有一天，就在我取一些绘本时，希拉里·曼特尔[1]的《狼厅》吸引了我的目光。这书真厚！我怎么拿得动呢？我用手指轻轻拂过书本。穿透塑封膜传到我指尖的，是一阵战栗吗？我感觉诱惑难挡。

我有一张马特几个月大时的照片，照片上的他在这本厚重的精装本上方舒展身体。当时我正在哺乳，本想一边喂奶一边读这本书，却没能做到——书太沉，拿不住——不过我会等马特在我胸口睡着再读，把它高高举起，时刻注意不让它落下来砸到马特小小的脑袋。怀孕改变了我的手腕，举书的动作让我手腕酸痛，但我又实在读得入迷，停不下来。我还记得，发现自己依然能读艰深的大部头

---

1 希拉里·曼特尔（Hilary Mantel，1952—2022），英国历史小说作家、散文家和评论家。

时，我深深地松了一口气。之前我不在状态，仿佛失去了魔力。

《狼厅》讲述了一个我早已从琼·普莱蒂、诺拉·洛夫茨的作品中熟知的故事，但曼特尔把家喻户晓的故事写出了新意，为古老的故事注入了生命与活力。透过托马斯·克伦威尔[1]的眼睛，我们看到亨利八世需要安妮。克伦威尔在大多数历史小说中都充当反派，托马斯·莫尔[2]则是圣人，但曼特尔逆转了这种设定，让人觉得要是不得不在小巷中与其中一个汤姆狭路相逢，那你一定会选克伦威尔。他是个鳏夫，一位丧子的父亲，想必是个通情达理、心地良善的人。

在你健壮的幼子就在毯子上伸展腿脚时读这本书，未免有些奇怪。要是能拥有这样一个孩子，亨利、凯瑟琳或安妮还有什么不能付出？即将临盆时，安妮被软禁在她位于格林尼治的房间，但那个万众祈盼的宝宝却是个女孩。克伦威尔来探望她，只看见"没有裹着褓襁的公主被放在

---

1 托马斯·克伦威尔（Thomas Cromwell，约 1485—1540），英国政治家，亨利八世的亲信大臣，曾任首席国务大臣，推行宗教和政治改革，对抗罗马教廷，解散天主教修道院。

2 托马斯·莫尔（Thomas More，1478—1535），英国政治家、作家、哲学家与空想社会主义者，北方文艺复兴的代表人物之一。

安妮脚旁的软垫上：一个相貌丑陋、肤色发紫、哭哭啼啼的小丫头，竖着一头浅发，总是三下两下地踢开衣服，好像要显示她最为不幸的特征"[1]。

马特喜欢听我的声音，也应该多练练听力，所以我常常读书给他听。我跳过了所有涉及宗教迫害的段落。随着他越听越专注，我也愈发感到不该再给他读成人读物了，所以在读了几章约瑟芬·哈特[2]的《破坏》之后，我就停止了朗读。虽然他一个字都听不懂，但我也不想让他沾染太多属于成年人的绝望。又或者这只是因为《破坏》不适合用讨婴儿喜欢的音调来读而已。

从此以后我只给他读童书。我尤其喜欢带韵脚的故事，朱莉娅·唐纳森[3]的《小鱼儿》——讲的是一条异想天开的小鱼的故事——成了我俩的最爱。我还经常唱歌，根据爸爸以前给我唱的爱尔兰歌谣编了一首歌，歌里的主人公似乎一直在估量从一处地方到另一处地方有多远的距离："啊，他是全世界最可爱的宝宝，从多尼戈尔到凯里

---

1 译文引自《狼厅》，刘国枝等译，上海译文出版社，2019 年。

2 约瑟芬·哈特（Josephine Hart，1942—2011），爱尔兰作家、戏剧制作人、电视节目主持人。

3 朱莉娅·唐纳森（Julia Donaldson，1948— ），英国畅销童书作家。

郡，从科克到斯基伯林[1]。"

我们还会一起听我从图书馆借来的有声书。我听了奥德丽·尼芬格[2]的《时间旅行者的妻子》，这本书是我在哈罗德百货工作期间出版的，但现在，我对描写亨利和克莱尔求子心切的段落有了更深的体会，从头哭到尾。另一个亮点是安东尼娅·弗雷泽[3]的回忆录《你是否一定要走？与哈罗德·品特[4]共度的日子》。朗读者用我听过最优雅的音调娓娓道来，故事充满雍容的气度，比如这句："离婚那天，我独自观看了《波西米亚人》，身披黑色的天鹅绒斗篷坐在那里，在最后一幕哭得撕心裂肺。"这些人与我鲜有交集；他俩只不过结识在我两岁生日当天，又在看完一场板球赛后去我家旧址附近的一间酒吧共度了一段愉快的时光。哈罗德·品特会跳进浴缸给对方朗诵拉金的诗歌，并在对方刷马桶时咯咯地笑，这种生活我完全无法想象。安东尼娅·弗雷泽肯定雇了清洁工，我这样想，同时好奇

1　均为爱尔兰地名。

2　奥德丽·尼芬格（Audrey Niffenegger，1963— ），美国作家、艺术家和学者。

3　安东尼娅·弗雷泽（Antonia Fraser，1932— ），英国侦探小说家、历史作家、传记作者。

4　哈罗德·品特（Harold Pinter，1930—2008），英国剧作家、戏剧导演，2005年诺贝尔文学奖得主。

要是她得亲手清理哈罗德·品特的阴毛，他们的生活会有什么不同。

我需要在马特睡着时做点什么，于是给自己注册了开放大学的一门创意写作课。我写了几个短篇，描写流产与婚姻，都是用男人的口吻写的。为了完成传记写作作业，我给一篇题为《没有哈罗德·品特的日子》的文章列了提纲，打算用它来探究那种没有黑色天鹅绒斗篷、没有清洁工、没人会在浴缸里给我读他的剧作的生活。但最终，我认定要是不谈及马蒂之死，这篇文章就会是单薄而不诚实的，事到如今，他的离去好像依然是我人生中最重大的事件，尽管我一直对它避而不谈。我没有勇气直面这件事，于是用第三人称讲述了那晚的意外。我还写了一部小说的第一章作为期末作业。我打算在课程结束后继续写下去，却因为缺少截稿期限的压力而没能一鼓作气。产假行将结束，我也该回到工作中去了。

母亲与她们的孩子

书写坠入爱河的文字有很多，多到让人很难对这个问题有什么新的思考。不过书写母职的文学作品就不那么多了，这或许是因为女性总忙着照顾宝宝，没时间写作吧。以下这些作品为我们充分揭示了复杂的母子关系的方方面面。

《末日重始》 *The End We Start From*

梅根·亨特[1] 著

在不远的未来，我们的叙述者在洪水围城的伦敦诞下儿子。由于居住在"淹没区"，她不得不四处寻求安全与庇护，但随着社会秩序逐渐崩塌，曾经熟悉的事物都变得危险重重。我喜欢她把通向母职这片未知地带的旅程与摆脱危险的迫切相对照的手法。想象伦敦沦为一座人们必须逃离的城市，想象伦敦人沦为难民，这样的设定也十分引人入胜。

---

[1] 梅根·亨特（Megan Hunter, 1984— ），英国小说家、诗人，处女作《末日重始》广受好评，被改编成电影。

《预测部》 *Dept. of Speculation*

珍妮·奥菲尔[1] 著

"我的心灵仍是如此扭曲。我原以为如此深地爱着两个人，就足以抚平他。"叙述者通过四十六个简短的章节带我们见证了一幕幕婚姻场景，从兴奋的期待到愠怒的低声争执，再到艰难的和解。小说完美地刻画了照顾新生儿造成的恐惧与疲惫，写出了爱情日渐褪色的伤感，也指出家务缠身的人不可能从事艺术创作。

《我叫利昂》 *My Name is Leon*

基特·德瓦尔[2] 著

"利昂逐渐注意到那些惹哭他妈妈的东西。"利昂快九岁时，他的小弟弟杰克出生了，利昂立刻就喜欢上了他，但他们的妈妈却应付不暇，他们小小的家也面临威胁。利昂可不傻——他不相信圣诞老人，也知道成年人都以假面示人——但在杰克被收养时，他依然震惊地意识到自己大概要被单独

1 珍妮·奥菲尔（Jenny Offill，1968— ），美国小说家、编辑，其小说《预测部》位列《纽约时报》"2014 年度十佳图书"。
2 基特·德瓦尔（Kit de Waal，1960— ），英国作家，原名曼迪·特蕾莎·奥洛夫林（Mandy Theresa O'Loughlin），《我叫利昂》是她的首部小说。

留下了，因为杰克是白人而他不是。

《悲伤长了翅膀》 *Grief is the Thing with Feathers*

马克斯·波特[1] 著

"我们不过是爱玩遥控车和印章的小男孩，但就连我们都知道肯定出事了。"在这个笑中带泪的故事中，母亲去世了，留下研究特德·休斯的学者丈夫照顾两个儿子。在他丧妻后不久，一只乌鸦飞来给他出谋划策。书中那两个高喊着"我们不想洗澡，我们屁屁不脏！"的小男孩可爱至极；他们的父亲也是，他答应多承担点教学工作，不再终日思考特德·休斯。

《母亲》 *The Mother*

伊夫韦特·爱德华兹[2] 著

玛西娅的儿子瑞安被人无故捅死，如今，她每天都去法庭，想知道那个被控谋杀她儿子的人是否能被定罪。瑞安从

1　马克斯·波特（Max Porter，1981— ），英国作家，曾是书商和编辑，《悲伤长了翅膀》是他的首部小说。

2　伊夫韦特·爱德华兹（Yvvette Edwards），英国作家。《母亲》出版于2016年，曾获全美有色人种协进会形象奖杰出小说提名。

没惹过麻烦，那他为什么会随身携带一把小刀呢？这出法庭剧一波三折，从头到尾都被一个问题主导，那就是假如儿子死于暴力或不公，做母亲的会有怎样的感受。

《希望之路》 *The Green Road*

安·恩莱特[1] 著

罗莎琳·马迪根的孩子们都去周游世界了，留她独自住在爱尔兰西海岸的老宅。现在罗莎琳表示想把房子卖掉，让他们回来最后过一次圣诞。这是一部关于家庭与归属的精美小说——书中的圣诞采购场面逗得我放声大笑。

1 　安·恩莱特（Anne Enright，1962— ），爱尔兰作家。其作品《聚会》曾获2007 年布克奖。

职场妈妈

我回到工作岗位，成了水石书店里士满分店的经理，那是一家可爱的河畔书店。我的体力有点跟不上，因为怀孕和分娩改变了我的身体。我的后背和手腕都受了损伤，所以就连做开关收银机抽屉这种简单的动作都会很疼，一次也没法抱太多书。我怀念过去，怀念抱着一大摞平装书在店里健步如飞的日子。另一个我没考虑到的问题是这份工作有多依赖加班。从牛津街时期起，我一直把早到晚退视作自己的本分，可现在我不得不飞奔去保育员家里接马特，所以必须准点下班。返工的第一天，店里抓到一个偷电子阅读器的人，我没法在警察问话时中途离开。第二天，我们遇上了突击消防检查，闭店时间已过，而消防员依然在对我训话，责怪我们在后场区域摆放了太多家具。

"对了，那些是什么?"他问。

"促销箱，"我说，"可以把书放在里面。"

"名字真怪。"他说。

"没错。"我说。

我的保育员人很好，很通融，但我得为额外的托育时间付钱。我算了笔账，我每天的工资减去育儿开支还剩二十六英镑，而要是不断晚下班、不断额外付钱，我最终就会因为享有上班这项特权而入不敷出。不过我并不心疼这笔钱。自从有了宝宝，我就明白照顾宝宝的人一定会得到报偿。同时我也毫不怀疑自己想要投身工作。我很高兴能跟成年人对话。走在里士满的高街上，我会想，无论今天会发生什么，总之应该不会有人吐我一身。

高街上有家电器商店，门外总是竖着一块双面展示牌，宣传某款"经理特别推荐商品"。受它的启发，我也在一楼摆了一只"促销箱"，在里面放满自己喜欢的书——没有新书，全是久经考验的益友——感觉自己已经实现了当初在巴黎塞纳河畔望着那些小货摊时的向往。我有了装满自己爱书的小促销箱，它就屹立在走马灯一样往来更替的新书之中。

里士满分店的店员工作勤奋，为人友善，业务熟练。我的一位新同事说："我们有点担心你心气太高，不会长留。"这让我有点想笑,因为我并没这么想,不过我也明白跟当年那个面试时都不敢与人对视的我相比,自己已经走了很远。

"我不知道我会待多久,"我说,"但只要在这儿,我就一定会好好关照你们。这是我能保证的。"我的确时刻督促自己要当个好上司,还常常重温《失物》中的段落,提醒自己不要为区域经理或总部的巡视而神志恍惚。我开始篡改奥斯卡·王尔德的名言,只为在完成艰巨或无谓的任务时博大家一笑:"我们都身陷业务的沟渠,但我们的秘诀就在于时刻仰望星空。"[1]

马特的到来反而让我空前地专注于自己的事业。我每个星期六都去上班,这样就能在工作日休息一天陪他。一个星期六,埃尔文带着马特来店里看我,恰好撞见一位顾客在对我咆哮,原因我早就忘了。我只记得那个愤怒的男人管我叫"小姑娘",唾沫星子都喷到了我脸上。多年来,我已经学会为自己忍受顾客辱骂的能力自豪,但想到马特就在一旁,听得见我说话,我的感受变了。我不希望他在成长过程中看到自己的母亲被粗暴地对待,或是被情绪失

---

[1] 原句为"我们都生活在阴沟里,但仍有人仰望星空",出自王尔德戏剧《温夫人的扇子》。

控的人怒斥。

我开始想多尝试不同的工作，但不知该从何入手。不久，我受邀在水石出版商大会上登台做个简短的限时演讲。别的演讲者都来自总部，他们需要一个在书店一线工作的人带来另一重视角。

我为能摆脱千篇一律的日常工作而兴奋，但也有些紧张。别的演讲者都准备了带饼状图和数据的幻灯片。而我只带了一本书。

站上讲台，我胃里翻江倒海。"我叫凯西，"我说，"喜欢跟陌生人谈论书籍。"我本以为自己能看见听众的面孔，却发现台上灯光太亮，我眼前只有茫茫的黑暗。我抬头去看身后的屏幕，寻找自己指定的图片，图上应该是我手中这本书：《月亮虎》。我想从那个红发女人卧在床榻上的画面中找到勇气。我练习过我的开场白。"这是克劳迪娅。"我会说，同时伸出一只手向大屏幕挥舞。但屏幕上显示的却是另一个版本的封面——上面既没有女人也没有床，只有一幅画，画上有一片棕榈林。我慌了！但紧接着，我突然感觉肾上腺素直往上涌。"《月亮虎》，"我指着后上方说，"是我最喜欢的小说之一。故事的女主角叫克劳迪娅，我们认识她时，她已处在弥留之际。"

我谈到自己对这本书是何等偏爱——那个行将就木的女人眼中的世界有着多么浩瀚的历史——再谈到一切书籍，谈到我在工作中最享受的就是书能成为我与素不相识的人之间的纽带，谈到我人生中不少直抵人心的时刻都发生在书店，发生在我与初次见面的顾客交谈时。我分享了几件在哈罗德百货工作时的趣事，讲到有个女人在牛津街店对我破口大骂，就因为我告诉她没有一本新小说叫《朱利安与乔治》，她要找的兴许是朱利安·巴恩斯的《亚瑟与乔治》。我谈到自己有多喜欢写推荐卡，喜欢找到合适的理由，说服顾客买下我喜欢的书；还谈到在这段从作家之心到读者之手的旅途中，我如何将自己视作最后一座哨所。结尾时，我言简意赅地推荐了一本书——爱玛·多诺霍[1]的《房间》——听众掌声雷动。

那天下午我走在去地铁站的路上，觉得自己很享受刚才的演讲，觉得这实在是一次激动人心的经历，我很喜欢事后跟出版商们聊天，希望今后还有这样的机会。然后我就去保育员家接马特了，第二天我回到岗位上，做回我的书店经理——又开始跟轮班、工资、清点账目打交道——

---

1 爱玛·多诺霍（Emma Donoghue，1969— ），加拿大作家、历史学家和剧作家，出生在爱尔兰。《房间》出版于 2010 年，曾入选布克奖决选名单。

完全把演讲的事抛在脑后。

过了几个月，我被临时调入总部。我很开心，尤其是那栋楼离我家和保育员家步行都只要十分钟。路线什么的会更好安排，虽说兼顾外出工作和育儿依然令我疲惫不堪。我常在开会时低头看见自己开衫的衣袖上沾着宝宝鼻涕的印迹。

在总部，我被任命为商品销售试验协调员。公司认为不同的展示方式能促进书籍的销量，所以我们得发明各种摆放旅行图书或辞典的新方法，再把这些方案拿到几家门店测试，看效果如何。我不得不使用 Excel 表，而我很不擅长这个。我去上了 Excel 课，但那也于事无补。我必须弄清那个叫"VLOOKUP"[1] 的东西是什么，但我怎么也看不出它是否处在运行当中。埃尔文不厌其烦地教我，但无论看他演示多少遍，我就是学不会。我有生以来头一次、也是唯一一次开始偏头痛，眼前出现炫光。眼科医生说我两只眼睛的视力不大协调，但也可能是压力过大所致。我不断梦见自己把错的东西送到错的店铺，每个人都冲我发火。我害怕成为总部那些无谓指令的始作俑者。

1　Excel 中的一个纵向查找函数。

谢天谢地,在犯下大错之前,我就调任了出版客户经理。这份工作正合我意:这是个奇妙的角色,我需要跟很多人谈论书籍,同时组织各种活动,比如竞赛、作者见面会等等,以此号召书商们大力推广某些书目。我很荣幸能为艾琳·摩根斯顿[1]的《夜晚马戏团》、路易莎·扬的《亲爱的,我想告诉你》和蕾秋·乔伊斯[2]的《一个人的朝圣》举办活动。最初,我跟出版商接触时总是非常紧张——他们看上去是如此光彩照人、魅力四射、精明睿智——但我很快就习惯了这一切,也习惯了见面时亲吻人们的面颊,虽说后来我才知道,其实大家都是隔空做出亲吻的声音,而不是像我那样结结实实吻在别人脸上。

我当时负责宣传的书目之一是凯特琳·莫兰[3]的《如何做女人》,书中的女权主义观点振奋人心、令人捧腹。我开始越来越多地站出来直抒胸臆,甚至提出了涨薪的要求。我一直想做个读书博客,但有些犹豫,因为始终信心不足。而现在,我说干就干。我写了一篇关于《如何做女

1　艾琳·摩根斯顿(Erin Morgenstern,1978—),美国多媒体艺术家,著有两部奇幻小说。
2　蕾秋·乔伊斯(Rachel Joyce,1962—),英国作家,曾为英国广播公司广播四台撰写广播剧。
3　凯特琳·莫兰(Caitlin Moran,1975—),英国记者、作家、广播主持人。

人》的文章，在推特上分享。它大受欢迎！

很快，我的生活再次改变。《伦敦旗帜晚报》发起了一场名为"让伦敦捧起书本"的阅读推广活动，水石想贡献一篇文章。我之前跟人提过我爸爸如何艰难地学习读写，于是《伦敦旗帜晚报》来到皮卡迪利街，就这个话题采访了我。爸爸特别自豪，乐见别人从自己的经历中受益。得知我收到了快速阅读的工作邀请，他更是加倍地骄傲，快速阅读是一家公益机构，专门为初涉阅读的成年人出版缩略作品。如果单是看到它的招聘广告，我肯定没魄力申请，但许多人都鼓励我试试。面试时，我的心怦怦直跳，动静之大，我敢说所有人都能听到，但我设法平静下来，回答面试官的问题，大方承认自己的知识盲点，还谈了许多关于我爸爸的事，谈我从他身上学到了什么，包括那次由《简·爱》引发的灾难，以及阅读如何大大丰富了他的生活。我谈到自己是多么渴望打破那层让许多人以为自己不适合阅读的障碍。我说文学作品不必艰深晦涩，还说如果能被录用，我会设法邀请一位布克奖得主来缩写一本"快速读本"。"这会是个艰巨的任务。"面试官说，不过她面带微笑。她打电话来通知我得到了这份工作时，我不假思索地给出了肯定的答复。我的售书生涯结束了。

关于识文断字的书

我们容易把识字能力与教育机会视作理所当然。以下这些作品探讨了不识字或缺乏教育机会的人的处境，剖析了这对他们一生的影响。

《朗读者》 *The Reader*

本哈德·施林克[1] 著

米夏埃尔十五岁时跟一个年长女人汉娜有过一段短暂的恋情，她喜欢让他读书给她听。多年后，已是法学院学生的米夏埃尔参与了一场对集中营警卫的审判，汉娜出现在被告席上。她为什么不替自己辩护？为什么要承认不实的指控？《朗读者》这个书名很妙。我们会认为朗读者指的是米夏埃尔，但它其实也可以指学着识字的汉娜，或许还有我们这些正在翻动书页、思考着自己能否原谅曾犯下暴行的人的读者[2]。

---

1 本哈德·施林克（Bernhard Schlink，1944— ），德国法学家、作家、法官。1995 年出版的小说《朗读者》获得巨大的成功，被改编成电影，迄今已被译为数十种语言。
2 "朗读者"英文为 The Reader，与"读者"相同。

《女管家的心事》 *A Judgement in Stone*

鲁斯·伦德尔[1] 著

"尤妮斯·帕切曼枪杀了科弗代尔一家——因为她不识字。"这部悬疑小说开篇就点明了凶手的身份，余下的篇幅都用来探究一名清洁女工为何要如此残忍地杀害雇主，又如何因为没能销毁书面证据而最终落网。

《对手》 *Rivals*

吉莉·库珀 著

塔吉·奥哈拉是知名记者之女，也是一位著名演员。她的兄弟和姐妹都冰雪聪明，她自感与他们格格不入，因为她患有阅读障碍，连左右都分不清，除厨艺之外一无所长。塔吉的结局十分圆满，因为鲁珀特·坎贝尔-布莱克为她甜美的个性倾倒。在这本书创作的时代，人们对阅读障碍还很陌生，曾有不少人告诉我，这本书让他们理解了一些亲朋好友经历的挣扎。

1　鲁斯·伦德尔（Ruth Rendell，1930—2015），英国小说家，擅长创作惊悚和犯罪小说，最知名的作品是侦探小说《韦克斯福德探长》系列。

《热浪说明》 *Instructions for a Heatwave*

玛姬·欧法洛[1] 著

格蕾塔烤面包时，丈夫去门外取报纸，从此一去不回。这是漫长而炎热的 1976 年夏天，由于罗伯特失踪，他那几个深陷苦恼的成年子女赶回家中。最小的女儿艾奥弗从纽约赶来，她的摄影助理工作出了岔子，因为她不肯承认自己不识字。

《我是马拉拉》 *I Am Malala*

马拉拉·尤素福扎伊[2] 著

2012 年 10 月，塔利班持枪歹徒登上一辆校车，搜寻一位以倡导教育闻名的女孩。"谁是马拉拉?"他们问。"我是马拉拉。"马拉拉回答。随后，他们朝她脸上开了一枪。这是一个关于平凡与奇迹的故事，关于一位在禁止女性接受教育的社会成长的少女所展现的勇气。

1　玛姬·欧法洛（Maggie O'Farrell，1972— ），英国小说家，曾获女性小说奖、科斯塔图书奖小说奖。

2　马拉拉·尤素福扎伊（Malala Yousafzai，1997— ），巴基斯坦活动家，以争取女权和女性受教育权而闻名，曾遭塔利班枪击。2014 年，年仅 17 岁的马拉拉获得诺贝尔和平奖，是有史以来最年轻的获奖者。

《大地上我们转瞬即逝的绚烂》 *On Earth We're Briefly Gorgeous*

王鸥行 [1] 著

"我写作只为靠近你——尽管我每写下一个字，都会远离你一点。"一个叫小狗的男孩给不识字的母亲写了封信。他们一向母子情深，不过，在母亲从美甲店下班、呼吸了一整天污浊的空气之后，也偶尔会出现毫无征兆的暴力。假如她能读懂他写下的话语，他还能无所顾忌地讲述他们从越南到美国的旅程吗？

1　王鸥行（Ocean Vuong，1988— ），越南裔美国诗人、散文家和小说家，曾获2019年麦克阿瑟奖。

从读者到作者

我在 2012 年 4 月 23 日入职快速阅读，这一天恰好也是莎士比亚诞辰和世界读书之夜。要学的东西可真多啊！我得委托作者为我们写书，并确保这些书能得到尽可能广泛的运用。尽管我很熟悉爸爸的故事，但我很快发现导致成年人无法正确读写的原因五花八门，也不尽相同。我们的读物会出现在书店和图书馆，也被成人教育机构、针对新到难民的扫盲课程和监狱采用。

我造访的第一座监狱是本顿维尔，北伦敦一栋森严的建筑，建于 19 世纪 40 年代。过安检时，我清空了自己的提包和口袋，以示自己并不打算夹带任何物品，与此同时，我开始手抖，想象自己假如是来探视亲人而非谈论书籍，情况不知会比现在糟多少倍。我这次是跟安迪·麦克纳布[1]一起来的，他刚帮我们写完一本快速读本，在其中介绍了自己的阅读历程。安迪是个弃婴，从少管所应征入伍。在军队，他学会了认字。我们这次来本顿维尔，是想让安迪为那些完成了"六本书阅读挑战"的囚犯颁发证书。"六本书阅读挑战"是阅读协会[2]发起的一项计划，鼓励初涉阅读的人一口气读完六本书。

我们走进一个宽敞的房间，里面坐满穿灰色运动裤的男人，安迪走上讲台。他给他们讲述军队教官如何用一句"你不笨，只是没上过学"改变了他的人生。讲完，他颁发了证书。其实刚听说这项挑战时，我对它将信将疑，而现在，看到它显然对每个人都意义重大，我感动不已，他们在掌声中上台，与安迪握手。

"真了不起。"我低声对身旁的监狱图书管理员说。

"他们大多数人这辈子都没得到过掌声鼓励，"她说，"这是他们头一次被人公开嘉奖。"我心头为之一震。我想到自己在学校里获得的奖状、在戏剧表演中的亮相，开始

1　史蒂文・比利・米切尔（Steven Billy Mitchell，1959— ），英国小说家，通常以笔名安迪・麦克纳布（Andy McNab）发表作品。

2　英国慈善机构，主要与公共图书馆、学院和监狱合作，在英国的儿童和成年人中推广阅读。

设想假如自己不曾有过这些，人生会是怎样。我感觉后颈上汗毛倒竖，真切地相信自己来对了地方，做了一份有意义的工作。

我震惊而惭愧地意识到自己过去从没怎么关注过监狱，不知道囚犯的识字率竟如此之低，而他们中脱离寄养者的比例竟如此之高。跟越多人接触、交流，我就越能看到他们中有多少人曾一次次被社会辜负。每当有朋友认为应该严惩犯罪，我就会据理力争。"你肯定愿意给全国防止虐待儿童协会[1]捐款咯，对吧？"我会说，"监狱里全是少年时代缺乏支持和引导的成年人。监狱应该教人改过自新才对。"

我喜欢监狱的工作。这活儿并不轻松，还会让人难过，我会在回家路上流泪，可每次看到自己成功地让人对阅读改观，我都会深受感动。正如我不厌其烦地向好心的出版界和慈善界人士解释的那样，人成年后如果无法阅读，往往就会有糟糕的教育体验，也不会从阅读中寻找慰藉与愉悦，只会视之为耻辱与忧虑的来源，正像我见到的那个在福利院长大的男人一样。他曾与另外五个男生同住

---

[1] 英国慈善机构，致力于儿童保护，成立于1884年。

一间宿舍，如今，他们中只有两个尚在人间。他说，你要是不得不挣扎求生，就不会把教育视作当务之急。

我最初给我在监狱认识的人们讲爸爸的故事，是因为这能帮我赢得他们的信任。爸爸从没坐过牢，但他偶尔会在拘留所过夜，有时是因为喝了酒，有时则是因为作为爱尔兰人，在错误的时间出现在错误的地点。我会讲他童年的故事，这会引起听众强烈的共鸣，他们中许多人都幼年丧亲，品尝过贫穷的滋味。一天，有个人对我说："谢谢你给我们讲你爸爸的故事。一个听起来有点像我的人居然有个像你这样的女儿，这真不可思议。"

尽管我相信阅读能使人充实，但我并不认为人不识字就注定失败。我爱爸爸，早在他识字之前就爱他，就算他永远不识字我也会一直爱他。许多人都觉得这很不寻常，也不像一个从事扫盲的慈善工作者会说的话。我之所以想让更多人学会阅读，是因为我希望这对他们来说是一件好事，而不是想把他们改造成遵纪守法的好公民。我不希望人们像每天必须吃五份水果蔬菜那样读书，而是希望他们能进入别人的人生、掀开新的一页或投身另一重天地，去享受那份能开阔他们视野的殊荣。

这样的理念会造成我们与资助方的分歧。为了得到资

196

助，我们不得不证明我们的读物能教人识字，促使他们为社会多做贡献，而不是加重社会负担、实施犯罪。我明白此言非虚，但我也明白这并不足以鼓励那些备受打击、满身伤痕的人直面恐惧，去勇敢地尝试。我还对评估标准提出了异议——要是我加入了某个监狱阅读小组，我肯定知道让人填问卷调查表绝不是个好主意。他们中大概有将近一半人看不懂表格，也不大会书写，却羞于在别人面前承认，而且即使是会填表格的人，也会质疑它的用意。

可以想象，要不是有这么个爸爸，我读书时如鱼得水的姿态和我对阅读毫无节制的狂热很可能让我在无意中拒人于千里之外。只有热爱阅读，我才能去倡导它；但同理心远远比这重要，我必须理解他人的恐惧。

虽说读书对我来说一向毫无难度，但我学开车却没那么顺利。这是我学过最难的技能，车我倒是能开，但也只是勉强能上路而已，而且在压力之下绝对开不好。一天我在公寓门外尝试侧方停车，却不断出错，一次次撞上路缘。我慌了神，感觉肚子里翻江倒海，胳膊下传来一阵难受的刺痛。我想深呼吸，但我后方还有另一辆车，我必须尽快搞定。我勉强停车入位，一下车就听见旁边那栋公寓的脚手架上有一群建筑工人在为我鼓掌。我沮丧地冲他们挥手致意，同时感觉自己随时会吐在排水沟里，然后我迈开颤抖的双腿回家，倒在沙发上大哭一场。我意识到在后轮第四次撞上街沿时，我的心情就像监狱阅读小组里某些不得不轮流朗读的组员一样。所以我开始跟大家谈论我糟糕的车技，这总能很好地破冰。我还决定不让任何人大声朗读，转而把重点放在讨论故事情节与主题上。

这种做法收获了奇效。这意味着无论水平如何，所有人都能欣赏这些读物。一些人在被要求直接讲述自己的经历时往往不情不愿，但在书中情节的启发下，他们很快就开始分享有趣的见闻。他们那些闪烁其词、支离破碎的故事往往伤感至极，这让我看到，被一段自己难以掌控、也无法理解的经历困扰是多么可怕。

意识到自己也能成为读书的人，人往往会万分惊讶。我们收到一封信，作者从快速读本开始，如今已经读起了但丁，我在信中最喜欢的一句话是："现在我读起书来，就像天生就是这块料。"这让我开始思考人有哪些权利是与生俱来的，它们在多大程度上取决于我们的处境。

我在快速阅读的工作并非全职，所以我绞尽脑汁想再给自己找些事做。我一直在更新博客，因为尽管我热爱这份新工作，但我还是会怀念那些读最新的书然后与陌生人谈论它们的日子。穿过书店时——我设法把大多数见面安排在书店的咖啡区——每当看到有读者仔细阅读某本我喜欢的书的封底，我总忍不住想上前攀谈。这对书店店员而言当然轻而易举，但对于穿着大衣、显然不是店内员工的我就没那么容易了。

我在推特上办了个读书俱乐部，成员们决定搞一场线下聚会。我们读了诺拉·艾芙隆的《心痛》，而且凑巧的是，我们把见面地点安排在新牛津街上的旧王冠餐厅，几年前，就是在那儿，我跟那个我不希望在临终前听到他声音的男人有过一段耻辱的经历。讨论艾芙隆如何把自己心碎的故事化作小说带给我们莫大的欢乐，除我以外，大家也都分享了各自的经历。一位女士告诉大家，她有位朋友跟艾芙隆一样，在发现丈夫出轨时已经怀有七个月身孕，令人意想不到的是她丈夫的情人也怀孕七个月了。这个故事有个出人意料的圆满结局，那个男人早已淡出，而两个女人和她们同时诞下的孩子却成了挚友。

那年晚些时候，我在《书商》杂志得到一份工作，他们的读书版编辑休了产假，我去填补空缺。我得写一篇长文介绍每个月即将出版的小说，选定重点推介书目。鉴于专栏上版比小说面市早四个月，我只能阅读原稿，因为就连校样都还没出来。一天，我在家里读朱利安·巴恩斯的《终结的感觉》，读到一半暂时离开房间，回来时发现马特把原稿铺在地上，正兴高采烈地在上面涂鸦。马特说出的第一个四字短句是："妈妈读书。"这不是祈使句，而是陈述句，因为我当时正躺在沙发上忘我地读杰弗里·尤金尼德斯[1]的《婚变》。（我的确常常担心这听上去有些自鸣得意，所以亲爱的读者，为了公平起见，请容我告诉你，他说的第一个六字短句是："大厄厄在里面。"）

我会浏览许多小说的开篇段落，数量尽可能多——通常是三四十本——然后每个月至少读完十五本新书。"你是怎么做到的呢？"有人问我，其实只是因为我不爱看电视，也没什么别的爱好。有时，我会陷入愉悦的癫狂。读完凯特·阿特金森[2]的《生命不息》——在书中，厄苏拉·托德一次次死去，又不断从头开始——我心头一阵空虚，却又不得不去买菜。年轻的收银员问我今天感觉如何，我是这样回答的："说真的，我感觉怪怪的。我读了太多书，刚读完的那本让你开始思考那些你没走的路、

1　杰弗里·尤金尼德斯（Jeffrey Eugenides，1960— ），美国作家、短篇小说家，2003 年凭借小说《中性》获普利策小说奖。

2　凯特·阿特金森（Kate Atkinson，1951— ），英国小说家、剧作家。

没做的选择，于是我一直在审视自己的生活，想象一切原本会有什么不同。这挺让人困惑的，不是吗？我感觉很奇怪。"

他盯着我瞧了一会儿，说："袋子要吗?"真是完美的回答。我给埃尔文讲了这个故事，他后来也常常在听完我的白日梦之后停顿片刻，说："袋子要吗?"

《书商》办公室有个摇摇欲坠的书堆，都是书的校样，我从里面抽出柳原汉雅的《渺小一生》时原本只打算读个几章，不料却被深深吸引，关心着裴德本人的命运，想知道他最终能否找到与痛苦共存的方法，结果我整夜没睡，一直在翻书，第二天起来做事也感觉古怪，仿佛自己正徘徊在现实与柳原汉雅笔下的虚构世界之间。

我终日与书籍和作者为伍，日子过得充满意义，很有奔头。回想起自己曾因为午休之后带回沾满烟味的《书商》杂志而饱受诟病，我感觉自己已然梦想成真。尽管我花的时间比小说中写的要长，但我在哈罗德百货工作时所渴望的变化已经到来。我感觉很棒，也比过去任何时候都清醒、快乐（只是有些容易混淆现实与书中的世界）。我知道自己很适合忙忙碌碌，也很适合心安理得地读书。

同时兼顾两份工作，意味着我常常在一天之内有截然不同的经历，比如有一天，我上午在本顿维尔监狱参加读书会，晚上又去大英图书馆出席一个新文学奖的发布会。我喜欢所有涉及读者和作者的活动，却很害怕筹款晚会。在很大程度上，快速阅读的成败取决于出版商是否愿意承担旗下作家参与项目的费用，所以我会去出版商的董事会会议室开会，争取他们的支持，我会请他们展开想象，跟随我离开这个位于伦敦市中心的漂亮房间，走进远处的一座监狱，那里几乎有一大半囚犯都大字不识。

　　我第一次去唐宁街参加活动时，爸爸骄傲极了。他不断打听进入官邸的细节，依我看，他只是不敢相信女儿真的要去唐宁街了。我发现自己越来越频繁地参加社交活动，这些活动时而令人兴奋，时而让人生畏，而与此同时，爸爸依然不断地启发着我。他给我讲他快二十岁时跟船上的伙计们一起去伦敦的经历，他们去了一家有纸质菜单的餐厅。他很慌乱，但依然坐着不动，等朋友们先点菜，然后说："给我来份一样的。"每当遇到拿不准的事，我就常常想到这个故事。我只需稳住阵脚，有样学样就好。随着时间的推移，我发现这其实并不重要，值得结交的人绝不会在意你是不是用错了餐刀。重要的是，我不能因为被周遭的环境震慑住而变得低效。

揭晓我们 2014 年的年度书目时，我在公关活动上介绍了爸爸和他的故事。我们在皮卡迪利水石书店举办了一场发布派对，我把爸爸介绍给许多出版商。其中一个人后来告诉我："你从没跟我们说过他居然这么帅啊。"这把爸爸逗得开怀大笑。派对结束后，我们乘火车去曼彻斯特，准备上第二天的《BBC 早餐》[1] 节目。我们在那个绿房间等待时，一位调研员走进来，让我们签署法律声明表。我看到爸爸盯着那两页纸上密密麻麻的字，脸色发白。他不知道那些文字就像《简·爱》中的注释，并不需要逐一过目，这超出了他的承受限度，而他几分钟后就要在电视上讲述自己的故事了，这才是他真正关心的事。我冲他笑笑，迅速浏览表格，给他指出签字的位置。房间里的人都没察觉这短暂的恐慌，我再次意识到爸爸的经历对我的工作有多大的帮助。在演播室里，他表现得非常出色，之后我们又一起上了广播四台。妈妈评价道："爸爸听上去很爱尔兰，而你听上去真的谈吐不凡。"

第二年，我促成了快速阅读与布克奖的一次合作。罗

---

1 英国广播公司（英文简称为 BBC）的一档早间节目，内容包括新闻、体育、天气、商务信息和特别报道等。

迪·道伊尔[1]——他曾在 1993 年凭《童年往事》折桂——为我们写了一本很棒的快速读本，名为《死人开口》，布克奖组委会决定用它的销售收入来资助监狱里的阅读小组。书出版那天上午，我们先去了一趟布里克斯顿监狱，然后又在下议院举办了发布会，我在会上告诉所有来宾，他们领到的书跟我们上午在布里克斯顿监狱发放的一模一样，希望能唤起一种难得的共享文化体验。我还开了个玩笑，说读书让我学会在高级场合举止得体，多亏有西尔维娅·普拉斯的《钟形罩》，我才没喝过洗指钵里的东西，因为埃丝特·格林伍德第一次见到洗指钵时就犯过这个错误。

在我光怪陆离的新生活中，书籍令我受益无穷，因为在小说中，自感与周遭格格不入的人物随处可见。我也像我挚爱的安妮·雪莉一样，常常神经紧绷，有严重的"冒名顶替综合征"，这种感觉竟然还有个学名，自己也不是唯一怕被拆穿、被驱逐的人，这让我感到庆幸。不过我还是很担心自己会以某种方式露馅儿。我第一次去上议院出席会议的时候，被那份历史的厚重、庆典的盛大深深震

1　罗迪·道伊尔（Roddy Doyle，1958— ），爱尔兰小说家、剧作家、编剧。

撼，几近失语。不过今天，我已经习以为常。习惯之后，那也不过是一处地方而已。

一天我正要出洗手间，却被一位老太太叫住。"亲爱的。"她神神秘秘地说，同时示意我看看身后。原来我的短裙被夹在裤袜里了。整理衣物时，我有种奇怪的释然。既然我在上议院露出底裤也没造成什么严重后果，那我或许该试着少为每件事担忧。如今我已经能在文学节上采访作家，也逐渐习惯了那些令人生畏的绿房间。我如鱼得水，也对自己能靠读书挣钱并鼓励更多人投身阅读心存感激。

接着，我重拾写作。与出版界人士近距离接触让我看到，自己写作的唯一障碍，只是迟迟不肯动笔而已。我之前把写作看得过于神秘、过于崇高了。而现在，看到一册又一册快速读本从我与作者最初的对话变成手稿，再化作书本，我意识到写作其实不过是把一个词放在另一个词前面而已。我曾无数次尝试写下马蒂的遭遇，但每次都发现太难了。我还能再试一次吗？

这次我没有放弃。我知道我已经不能再回避这件事了，如果就此搁笔，我不出几个月又会回到原地，依然困顿，依然写不出任何别的东西。与此同时，我儿子马特正在牙牙学语，提出关于这个世界的问题。我钱包里有一张小小的合影，上面是我和马蒂，一天我在超市付款，马特凑上来问这人是谁。我感到一阵恐慌。我知道绝不能骗他。我早就观察到了，家人之间互相隐瞒的只有坏事——小说中如此，生活中亦然。

我起早贪黑地敲击键盘。星期天我们会去邱园，埃尔文和马特会自己去喂鸟，留我在橘园餐厅单独待两个小时。我没想过自己写的东西会有人读，但写下去对我很重要。

与囚犯们的相处让我看到，背负着一件你无法完全理解的事是多么可怕。我一向觉得自己写不出东西是因为我太笨、太普通，不够聪明，也不够高雅，但在监狱的工作让我意识到，自己与他们相比是多么训练有素、多么幸运。如果说我正在劝那些监狱里的人放下往事——通常是一些令人万念俱灰的可怕经历——那我不妨也听从自己的建议。

回忆录

与小说相比，我读过的回忆录一直不算太多，直到我开始尝试写自己的回忆录。这是一门书写自我的技艺与艺术，随着我对它愈发了解，我开始学会欣赏这种不断发展的文体。我最喜欢的回忆录大都不但讲述了作者自己的故事，更包含了对记忆、真相与叙事本质的追寻，令我无限痴迷。

《我知道笼中鸟为何歌唱》 *I Know Why the Caged Bird Sings*
玛雅·安吉洛 著

"虽然我十分健忘，但还不至于什么也记不起来。"[1] 作为一套七卷本自传的第一卷，《我知道笼中鸟为何歌唱》把我们带到 20 世纪 30 年代的阿肯色州斯坦普斯，在那里，玛雅跟哥哥贝利由祖母抚养长大。玛雅必须想办法应付种族歧视与强奸，但她不知为何始终心怀希望，而且这本书——以及她所有的作品——还蕴含着如此丰富的智慧："她领悟到命运的吊诡，那就是甜自苦中来。"

---

[1]　译文引自《我知道笼中鸟为何歌唱》，于霄、王笑红译，上海三联书店，2013 年，略有改动。

《我要快乐，不必正常》

Why Be Happy When You Could Be Normal?

珍妮特·温特森[1] 著

"母亲对我生气时——这常常发生——她会说：'魔鬼领我们找错了婴儿床。'"[2] 作家在小说与非虚构作品中探讨相同的题材往往令我着迷。这部关于领养、哺育与疯狂的回忆录再次涉足我们曾在《橘子不是唯一的水果》中读到过的领域。它既是一段痛切而发人深省的个人史，也是对写作与真相的思考："真相对任何人而言都是件复杂之事。对一个作家来说，略去的东西与写出来的东西表达了同样多的内容。"

《茫然无措》 *All at Sea*

德卡·艾肯黑德[3] 著

作者的伴侣托尼是一名毒贩，饱经沧桑，为人宽厚，他曾跟作者开玩笑说相亲网站永远不可能把他俩凑成一对。这个凄美的故事围绕两人非典型的爱情和他们组建的家庭展开，

1　珍妮特·温特森（Jeanette Winterson，1959— ），英国作家，代表作《橘子不是唯一的水果》曾获英国惠特布莱德奖小说首作奖。
2　译文引自《我要快乐，不必正常》，冯倩珠译，北京联合出版公司，2018 年。
3　德卡·艾肯黑德（Decca Aitkenhead，1971— ），英国新闻记者、作家、广播员。

也呈现了当一个儿子被潮水卷走、托尼为救人而游向远处却再也没能上岸之后，一切如何被彻底改变。

《当呼吸化为空气》 *When Breath Becomes Air*
保罗·卡拉尼什[1] 著

神经外科医生保罗·卡拉尼什一直想尝试写作。所以，在被确诊患有已无法手术的肺癌、得知自己只剩几个月生命之后，这正是他所做的。于是便有了这本优美而令人莫名振奋的书。"英语里的'希望（hope）'这个词出现在大概一千年前，融合了信心与渴望的含义。但我现在渴望的是活下去，有信心的却是死亡。"[2]

《归来》 *The Return*
希沙姆·马塔尔[3] 著

"有时你会一整年都见不到太阳或出不了牢房。"1990 年，作者的父亲在开罗被埃及秘密警察绑架，交到卡扎菲手中，

1　保罗·卡拉尼什（Paul Kalanithi，1977—2015），美国神经外科医生、作家，在罹患癌症后写下回忆录《当呼吸化为空气》。
2　译文引自《当呼吸化为空气》，何雨珈译，浙江文艺出版社，2016 年。
3　希沙姆·马塔尔（Hisham Matar，1970— ），英国作家，生于美国，利比亚裔，凭回忆录《归来》获得 2017 年普利策传记文学奖。

囚禁在的黎波里的阿布萨利姆监狱。在这部回忆录中，马塔尔书写了流放与家园，讲述了自己寻找父亲下落的努力，记录了自己悲伤与不安交织的生活。

《衣服衣服衣服，音乐音乐音乐，男孩男孩男孩》
Clothes, Clothes, Clothes. Music, Music, Music. Boys, Boys, Boys
薇芙·艾伯丁[1] 著

"写自传的人不是蠢材就是穷困潦倒。我两个都沾一点儿边。"在女人通常被视作乐手女友的年代，薇芙·艾伯丁成为女子朋克乐队"缝隙"的吉他手。这部充斥着性、毒品与朋克音乐的回忆录完整地交代了她的人生经历，在她的生活中，愉悦与肮脏不断你争我夺，争相占据上风。这本书中处处是宝藏：薇芙首创了马丁靴与短裙的搭配，因为她必须在席德·维瑟斯[2]找她麻烦时拔腿就跑。她的下一部回忆录《未拆即弃》也非常精彩。

---

1 薇芙·艾伯丁（Viviane Albertine，1954— ），英国音乐家，歌手，作曲家和作家，在1977年到1982年间担任"缝隙"（Slits）乐队的吉他手。
2 席德·维瑟斯（Sid Vicious，1957—1979），本名约翰·西蒙·里奇（John Simon Richie），英国朋克摇滚乐队"性手枪"（Sex Pistols）的贝斯手，一位颇具争议的音乐人及公众人物。薇芙·艾伯丁在其回忆录中回忆了她与席德之间的友谊。

快活的傻子

　　我信笔写下的文字竟然真的作为回忆录《爱的最后一幕》出版了，现在想来我依然感觉难以置信。我起初还以为没人会想读这本书，但在跟几位支持我的朋友分享了一些片段之后，我开始相信这些文字说不定有一天真能变成一本书。随后，我请到一位才华横溢、亲切和蔼的文学经纪人，我们又一起找到一位才华横溢、亲切和蔼的编辑，而与此同时，我继续把一个字放到另一个字前面。我知道假如一开始就顾及读者的反应，我根本不会动笔，但若不是憧憬着未来有读者读到它，我大概也不会有完成它的毅力。写作无论怎么看都是一份苦差，却也激动人心，我也喜欢亲眼看到一本书从作者手中出发，一步步抵达另一头的读者手中。我为设计封面的过程着迷，把备选封面打印出来贴在自家墙上。马特的小伙伴来找他玩时会问他那是什么。

"妈咪在写一本书，关于她去世的弟弟。"马特会这样回答，而我在想，跟我在钱包里藏着一张小相片那会儿相比，我们已经走出了多远。

从为别人的作品做嫁衣到在这世上拥有一本自己的书，我能走到这一步实在不可思议，每次在喜欢的书店看到它，我都得掐一掐自己。我喜欢那些书店为它设计的橱窗展示，其中往往会出现粉笔画的飞镖盘或是我和马蒂的小照片。我在皮卡迪利的水石书店办了场新书发布派对，也在哈查兹书店那张半月形小桌上签了书。我上了《BBC早餐》节目，又回了趟斯内斯，在我家的酒吧里接受了一次采访。

好事接踵而至，但情况比我想象中复杂。我现在的圈子里很少有人认识马蒂，也很少有人知道我在写作。其中一个人对我说："真不敢相信咱俩都认识十年了，我竟然对此一无所知。"在某种程度上，我感觉自己像撕去了伪装。抛却了精心营造的好脾气书迷形象，一股脑儿道尽了自己的秘密。

我本不该为情况棘手感到意外。我曾在一部讲述作家之耻的随笔集《窘迫》中读到过类似的情形，这本书专写嗜酒的诗人和脆弱的小说家在世界各地颜面扫地的故事。

书中的文章非常滑稽。我最喜欢的几篇包括唐·佩特森[1]某天晚上在古尔最好的咖喱餐厅的经历，还有西蒙·阿米蒂奇[2]的遭遇，他遇到了一连串糗事，最后一件是他发现自己的一本书出现在了慈善商店，他翻开书，发现题献页上有自己的亲笔题字："给妈妈和爸爸。"

德博拉·莫格赫[3]说得在理，作家只能向同行倾诉这种苦恼；别人谁会在意"我们坐在一摞自己的书旁无人问津，整整两小时只来了一个女人，还是来推销她自费出版的、写自己如何战胜乳腺癌的书的？谁会在意我们在黑暗中独自等待，置身纽瓦克车站空荡的站台，眼前唯一的读物只有一块翻飞的告示，上面写着'暴力袭击：寻目击证人'，最终发现自己错过了回家的末班车"。

初读《窘迫》时，我觉得这本书滑稽至极，却并不认为那些故事绝对属实。我深信有已出版作家的身份这张巨大的安全网保护，他们一定能免于羞耻。我以为作家身份能赋予人难以掩盖的光芒。但我想错了，我花了很长时间

1　唐·佩特森（Don Paterson，1963— ），苏格兰诗人，作家、音乐家。

2　西蒙·阿米蒂奇（Simon Armitage，1963— ），英国诗人、剧作家、小说家，任教于利兹大学。

3　德博拉·莫格赫（Deborah Moggach，1948— ），英国小说家、编剧。

才重回正轨，不再责怪自己不懂感恩。

作家身份能带来许多意想不到的奇事——我喜欢读者来信；也喜欢拥有读者——却并不像我想象中那么令人满足、自在，现在，让我窘迫的事能列满长长一份清单。有时，了解幕后的秘密对人并没有什么好处。一天傍晚，我来到伦敦的一家水石书店分店采访另一位作者。我走到前台，自报家门。那位店员却问："谁?"尽管他其实正从我脸上——因为我的面孔就出现在我作品的封面——撕去标签。得知我的作品上桌展示的时限已到，这批书即将进入退货筐，我心里有种特别奇怪的感觉。

摆脱这种感觉的诀窍，是不把任何事视作理所当然，而把一切美好都当成愉快的意外，不过这说起来容易做起来难。好在我依然喜欢跟陌生人攀谈，台上台下那些振奋人心的对话，消解了巡回签书途中的种种窘迫。

一次，有个人对我说："读过你书的人都自认为很了解你，这不会很奇怪吗?"

"他们是很了解我呀，"我说，"每个读过《爱的最后一幕》的人，都比认识我却没读过它的人更了解我。"文字中的我比生活中的我真实得多，不过售书活动的一大乐趣就在于我们所有人都目的明确，能直截了当地谈论爱与死亡，不必像在生活中那样兜圈子，假装一切如常，免得吓着别人。我愿意看到自己的书能让我和任何读过它的人亲昵地交谈。

外界的关注让我有些沾沾自喜。当了这么多年的无名之辈，我惊讶地发现所有人都对我和颜悦色，似乎很重视我的看法。我觉得自己有点像安妮·雪莉，受到了巴里太太的款待，后者拿出了最好的瓷器茶具，还端上各式各样的蛋糕，好像安妮是位贵宾。

在慢慢适应新生活的过程中，我又像刚进哈罗德百货时那样，躲进别人的作品里。那时我在书店里找到了安抚与慰藉。而如今，我喜欢授业解惑，也很享受在文学节上采访作者和撰写书评。我想更深入地探究书本如何从作者脑中抵达读者手中，在帮助学生尽力把经历化作文字时，我自己写作的艰辛也派上了用场。在监狱，我的工作也做得更加深入，我开了写作工坊，并试图为成员们设计有意义的练习，他们中的许多人尽管写不出完整的句子，肚子里却装满了故事。

我在书评方面遇到的唯一问题，就是我从不肯说一本书的坏话。正如怀孕生子让我开始为婴儿的命运揪心一样，写书也让我想保护所有的书。我能看出一个宝宝长得不那么漂亮，或是一本书写得不那么好，尽管如此，它的存在本身似乎就已经是个奇迹，我自然不忍心当那个恶人，去向可怜的父母指出它的缺陷。

我最近去贝尔法斯特参加了一场活动，在路上跟接机的司机聊天。

"你的第一本书是写什么的?"

"写我弟弟的死。"

"那另一本呢?"

"泛泛地说，写的是悲伤与失去。"

"这么说你是个'快活的傻子'[1]，对吧?"

我笑得前仰后合。

在返程的飞机上，我重读了安迪·米勒[2]的《这一年，在阅读中冒险》。我笑得不能自已，惊扰了邻座的人。

"肯定很好看吧。"他说。

"是啊!"我说，然后立刻开始介绍这本书。

"我不看书，"他说，"没那个工夫。"说完就回到他的电脑前，继续钻研 Excel 表格和数据图。

1　泛指和蔼可亲、乐于助人、无忧无虑、个性活泼的人。

2　安迪·米勒（Andy Miller），英国作家、编辑，文学播客"老书新谈"（Backlisted）主播之一。

与人交往——无论作为酒吧女招待、书店店员还是作家——的一大要领，是分辨谁愿意开口、谁只想沉默，并对任何一种态度都泰然处之。我很庆幸自己不必再为Excel表挣扎，而可以把时间花在拥抱世界上，去结识有趣的新朋友，见见自己的老相识。要是在回家路上读到一本发人深省、惹人发笑的书，我会兴高采烈。我的确像个快活的傻子，我时常这么觉得。

　　几天后，我在火车上跟同坐一桌的三个女人聊了起来。她们住在法尔茅斯，要去纽约庆祝一个"重要"的生日。我觉得她们看上去六十来岁不到七十，其中两个应该是姐妹。我们谈到法尔茅斯的生活。她们说自己依然在用小时候那种木制冲浪板，还给我解释它们的质感跟现在的冲浪板有什么不同，说她们会把冲浪板借给惊奇的年轻冲浪者。我说我从没见过真正的木制冲浪板，不过阿加莎·克里斯蒂是个冲浪先驱，她有张照片就是带着冲浪板、站在沙滩上拍的。

　　这把话题引向了阅读与写作。我们谈到纽约，谈到马提尼酒和曼哈顿酒，又谈到伊丽莎白·斯马特[1]的《在

---

[1]　伊丽莎白·斯马特（Elizabeth Smart，1913—1986），加拿大诗人、小说家。

中央车站旁，我坐下来哭泣》和希莉·哈斯特维特的《我爱过的》。我们谈到乔吉特·海尔，她们一致认为她更像是历史小说界的 P. G. 伍德豪斯，而不是米尔斯与布恩[1]出版社的摄政时期[2]系列浪漫小说的作者。谈到我们各自认为海尔哪部作品最好时，其中一位女士说："你真的很了解她。"她们问我喜不喜欢跟别的作家打交道，我说喜欢，因为我愿意听别人谈论各自的困惑与不安，提醒我这些都是写作的一部分。"乔吉特·海尔对别的作家非常刻薄，"我说，"她管他们叫文人骚客，觉得他们把时间全花在抱怨上了。"

我早在去书店工作之前就喜欢读关于书籍的书，不过最近，我开始对描绘作家及其友谊的作品产生了兴趣。在罗伯特·加尔布雷思的《蚕》中，一位涉嫌谋杀的作家对科莫兰·斯特莱克说，作家就是一群野蛮人："要想收获一生的友谊和无私的信任，你就去参军，去学会杀戮。要是你想一辈子都跟一群会为你的每次失败而欢欣雀跃的同行结成临时的同盟，那就去写小说。"

1　英国最大的浪漫小说出版商。

2　指 1811 年至 1820 年间，英国国王乔治三世因精神问题而无法执政，改由其长子、当时的威尔士亲王、之后的乔治四世代为执政的时期。

关于作家的书

化生活为文字的过程令我着迷。有些作家不喜欢被问到他们的创作是否带有自传色彩，但我认为大多数小说都是自传性的——这并不意味着它们会直接照搬现实经验，但每个人的写作都反映了他们的思虑与创伤。并非每个作家都承认这一点，而且他们何须承认？这正应了希拉里·曼特尔借克伦威尔之口说的那句话："明智的做法是把过去隐瞒起来，哪怕没有什么可以隐瞒。一个人的力量就在于半明半暗，在于他若隐若现的手势和令人费解的表情。人们害怕的就是缺乏事实：你打开一道缝隙，他们便把自己的恐惧、幻想、欲望全部倒了进去。"[1]

| 《我的秘密城堡》 *I Capture the Castle*
| 多迪·史密斯[2] 著

"此刻，我在写作，就坐在厨房的水池里。"[3] 这部可爱的小说讲述了一个古怪的家庭在一栋破败的城堡中生活的故事，

1　译文引自《狼厅》，刘国枝等译，上海译文出版社，2019 年。

2　多迪·史密斯（Dodie Smith，1896—1990），英国作家、剧作家，代表作包括《101 只斑点狗》《我的秘密城堡》等。

3　译文引自《我的秘密城堡》，王臻译，南海出版公司，2012 年，略有改动。

出现了两位作家。以前我觉得自己最像卡桑德拉，她从十七岁开始写日记，记录隔壁新搬来的美国富人身上的种种趣事，但我现在恐怕更像她那个古怪的父亲，他陷入了写作瓶颈，对什么都提不起兴趣，只想一个人待着读侦探小说。

《盲刺客》 *The Blind Assassin*

玛格丽特·阿特伍德[1] 著

　　"大战结束十天后，我妹妹劳拉开车坠下了桥。"[2] 我最喜欢的小说技巧之一，就是让读者拿不准自己在读什么，或弄不清这本书究竟出自谁的手笔。《盲刺客》中出现了许多书籍和册子——一部广受好评的小说、一部低俗小说、一本相册、一些练习簿——它们共同讲述着两姐妹的故事，呈现了她们与两个个性迥异的男人之间复杂的感情纠葛。

《蚕》 *The Silkworm*

罗伯特·加尔布雷思 著

　　利奥诺拉·奎因去拜访科莫兰·斯特莱克，后者答应帮

1　玛格丽特·阿特伍德（Margaret Atwood，1939— ），加拿大小说家、诗人、文学评论家，代表作有《使女的故事》《盲刺客》《别名格蕾丝》等。
2　译文引自《盲刺客》，韩忠华译，上海译文出版社，2016 年。

她寻找失踪的丈夫，带他回家。欧文·奎因是位作家，时常离开家一段时间，但斯特莱克找到他时他已被杀害，死法跟他在一部尚未发表的小说《家蚕》中描述的相同。这本书实在是有趣至极，把作家的虚荣刻画得相当深刻。必须把蚕煮沸才能取茧，奎因用这个过程比喻作家必须为创作忍受痛苦的煎熬。

《迷情》 *The Infatuations*

哈维尔·马里亚斯[1] 著

玛丽亚每天去出版社上班都在同一家餐馆吃早餐，一对恩爱的夫妇也常常光顾那里，他们总能让玛丽亚心情愉悦。后来男人被残忍地杀害，玛丽亚去慰问那位遗孀，却陷入了一段令人不安的友谊。这是一部令人欲罢不能的谋杀悬疑小说，但在我心目中，全书最精彩的部分要数玛丽亚那些尖刻有趣的第一手故事，它们揭露了出版圈的作家与她那些编辑同行的虚荣。

1　哈维尔·马里亚斯（Javier Marías，1951—2022），西班牙小说家、翻译家、专栏作家。

《与你同行》 *Commonwealth*

安·帕切特[1] 著

弗兰妮·基廷受洗当天，她母亲与一位邻居接吻，开始了一段婚外情，最终终结了两段婚姻，组建了一个有六个兄弟姐妹的大家庭。二十六年后，在芝加哥当鸡尾酒女招待的弗兰妮认识了一位知名作家，透露了自己家庭的秘密，却没料到他会把这个故事写进小说——取名为《与你同行》——也没想过她的兄弟姐妹读到小说中的自己会有何感想。

《亲密》 *Intimacy*

哈尼夫·库雷西 著

杰伊喜欢用"软铅笔和硬鸡巴写作——而不是相反"。我们与他共度了二十四小时，期间，他一直在纠结是否要离开伴侣和子女。书中有个滑稽的自慰场面，还有一次令人捧腹的婚姻辅导，那位咨询师非要让杰伊大声朗读一首糟糕的诗。我还很喜欢作者用整整两页的题外话详细阐述杰伊的书写习惯；他起码有五十本笔记本，每本都只写了第一页，其余全是空白。作为普通人，我并不赞同杰伊，也不赞成他把自己

1　安·帕切特（Ann Patchett, 1963— ），美国作家，曾凭借小说《流浪的家》入围 2020 年普利策小说奖决选名单，作品被译为数十种语言。

不安分的老二看得比孩子们的幸福还重要；但作为读者，我觉得他那种自私很带劲儿。如果这是一部自传性小说，那么同为写作者的我十分羡慕这种强硬而理直气壮的自我挖掘。

重返康沃尔

2017年夏天，埃尔文、马特和我自伦敦南下，迁往康沃尔郡。爸爸之前得过一次肺炎，把我们吓得不轻，自那之后我就一直想住到父母附近。我想家里迟早会需要我的，到时候我可不想每隔几天就登上卧铺车，或是在M5公路上飞驰。妈妈患癌时我别无办法，但现在，我大部分的工作都在电脑上完成，埃尔文也自己做起了邮票生意，我们真不是必须待在伦敦。

我们在法尔茅斯买下一栋房子，事先并不知道它隔壁就是我母亲的出生地。外婆全家在1943年搬到那里，方便她父亲经营高街上的立顿茶商店。在欧典电影院，她认识了当放映员的外公，他们生了三个孩子，全家人一直生活在她父母的房子里。我的玛丽昂姨妈送给我一张他们婚礼当天的照片，那是1950年的复活节星期六。他们站在花园里，身后就是我们的房子。我把这张照片摆在壁炉台上，每次出门去图书馆或去法尔茅斯书店取东西之前总要望它一眼。我脚下正是他们走过的路，我喜欢这种感觉。

我们一搬进新家，我就开始整理几大箱藏书，爸爸和保罗舅舅则负责装新的书架。爸爸一边干活儿一边吹口哨唱歌，我想着自己是多么幸运，家人都在身边。我把藏书摆上书架，重新排序。在重读并书写它们的过程中，我开始看到它们如何与我的生活相连。

有时我会依然清晰地记得初读某本书的情景。而另一些书则好像一直是我生命的一部分。我家那本玛丽·韦斯利的《不是那种女孩》没了封面，扉页上还写着"贝尔与皇冠酒吧"。而大卫·米切尔[1]的《骨钟》，一本粉色布面的精装大开本，则会让我想起自己当时刚翻过最后一页就立刻把它重读了一遍，然后做了许多诡异的梦，至今依然分不清哪些是书中的情节、哪些是梦中的幻想。我把柳原汉雅的《渺小一生》拿在手中掂量，回想起自己如何没睡觉读了一整夜，第二天过得跌跌撞撞，几乎什么也做不了。

1　大卫·米切尔（David Mitchell，1969—），英国作家，编剧。

凯特·阿特金森《生命不息》——在书中，厄苏拉·托德能一次次重启生活、做出不同的选择——的那份校样则让我想到生命中那些不得不放弃另一条道路的时刻。小时候，我住在哪里、会认识什么人都取决于爸爸能在哪里找到工作。要是锡矿没有关闭，我的生活会是怎样？要是我们一直待在苏格兰呢？要是爸爸接下了英吉利海峡隧道的工作，没买下那家酒吧呢？我生命中最大的裂痕就是马蒂那场意外，我花了太多时间去渴望那一切从没发生。要不是因为索菲，我就不会遇到约翰，而要是没有他，我就不会搬到伦敦或纽约。要是留在斯内斯，我大概就不会写书了，因为我仍会把作家视若神明，把他们看成另一个物种。要是那年复活节没跟埃尔文在一起，我会去巴黎或科克工作吗？

我在这些平行宇宙中有没有孩子？说不定我会有个小女孩，或是一个不同种族的孩子。也许我的孩子会说法语，或带有爱尔兰口音。我也可能膝下无子，没有爱人或伴侣。少了埃尔文长久的影响，我的生活或许不会这么精彩。也许我永远也写不完一本书，依然以为写作会带来纯粹而绝对的快乐。这些想法会令人疯狂。像注视厄里斯魔镜。

回到此时此地，马特和我都很喜欢《狮子、女巫和魔衣橱》。彼得在意识到纳尼亚的确存在、自己不该怀疑露西时说："我起先不相信你，现在向你道歉。对不起。跟我握个手好吗?"我们一致同意在生活中也要像他们一样坦率真诚。

我把达芙妮·杜穆里埃那套蓝色精装本的康沃尔小说通读了一遍。《牙买加客栈》十分阴郁，《法国人的港湾》相当愚蠢但我很喜欢，多半是因为我依然记得自己曾在一次全家度假时划着小船溯赫尔福德河而上，寻找书中那道港湾，也因为它探讨了女性在生儿育女之后该如何抓住或舍弃自由。《浮生梦》有着诡异的感染力，我始终没能彻底弄清真相。这本书完美地塑造了一位为爱痴狂的男青年——文学作品中有太多为爱情神魂颠倒的年轻女子，但爱得难以自拔的男青年却不那么常见。

我把《蝴蝶梦》留到最后。在读曼陀丽的杜鹃时就望着自家花园中央的杜鹃，这感觉妙不可言。有生以来，我第一次有了一座花园，每当铺天盖地的新闻席卷而来，我都会让自己暂时远离尘嚣，去照料花园，欣赏康沃尔的植物群，咀嚼那些名字：山茶花、绣球花、百子莲、倒挂金钟。那位好心的邮递员告诉我们，我家屋前那棵树是木兰，春天会非常壮观。而当我艰难地爬上康沃尔的山丘，却为眺望大海而心醉时，我会想到《不是那种女孩》中的罗斯·皮尔，想到她在散步时回首人生，发现自己年轻时爬山从不会气喘吁吁，却也不懂得欣赏美景。

我买了套刀具，在我切萝卜时，崭新锋利的刀刃嗖地穿过萝卜，猛地切进我的拇指。血流得到处都是。我找来些水泡膏药，还挺管用。过了几小时，我听见厨房里传出男人的嚎叫。埃尔文也重蹈了我的覆辙。

"这是因为我们还不习惯用这么快的刀子，"我一边给他包扎一边说，"多刺激啊，你的拇指取代了洋葱。"

他好像有点摸不着头脑，于是我解释说西尔维娅·普拉斯写过一首诗，写的是她在切洋葱时割伤手指的事。"那时他们刚搬到德文郡，想远离文学生活，"我说，"也许他们也买了新刀，还不习惯新刀那么锋利。他们这次搬家，结果并不理想。特德·休斯不断跑回伦敦，去跟别的女人体验文学生活。"

这件事让我想重温一遍《钟形罩》，于是我下载了《钟形罩》的有声书，由玛吉·吉伦哈尔[1]以格外清亮的嗓音朗

1　玛吉·吉伦哈尔（Maggie Gyllenhaal，1977— ），美国女演员、电影制作人。

228

读。一天我正在厨房里听这本书，我父母突然来了。我关掉音频，爸爸问这本书适不适合他看。他读了会难过吗？他喜欢为书中的故事大哭一场，权当发泄，但他不想读关于抑郁的书，尤其是那种让人身临其境的。我说我并不认为《钟形罩》是一本阴郁的书，不过考虑到作者最后的结局，它的确带有自传色彩。

"作者最后怎么了？"马特问。

我没想到他在听，但他有种本能，能精准地捕捉那些我宁愿从他脑袋里清除的细节。

这是为人父母的关键一刻，我必须当机立断，决定自己要诚实到什么地步。

"她自杀了。"

"怎么自杀的？"

"用她家厨房的煤气灶。"

"为什么呢？"

"这个嘛，"我深吸一口气，"原因很复杂，人自杀的原因总是很复杂。她心情抑郁。天气也很冷。那是个漫长的冬天，漫天飞雪，她在丈夫离开后独自带着两个孩子。或许她也不明白到底是怎么回事。对有抑郁倾向的人而言，冬天非常难熬，人们并不总能理解这一点。而且她的书刚刚出版。这也很可能引起情绪的波动。她在去世前几天给一位邻居展示了一篇评论她这本书的文章。"

马特点点头，我很希望他别再追问下去。我不想说谎，但我也不希望他问起她孩子的情况。

"她嫁给了特德·休斯，"我妈妈说，"一位诗人。"

"他创作了许多关于大自然的诗，"我说着做了个鬼脸，因为我不太喜欢描摹大自然的文字，除非里面出现了很多人物，"写狐狸什么的。"

"我喜欢狐狸。"

"那你说不定会喜欢他。其实我也有一首喜欢的诗是写狐狸的，因为它同时也在探讨写作。"我用谷歌搜到《思绪之狐》，但马特已经失去了兴趣，走开了。

但愿我做得没错。很长时间以来，我一直有这种焦虑。如何保持诚实，又不至于让他纤弱的肩膀过多地担负生命的沉重。

在法尔茅斯安顿下来之后，我尽量让自己少关注新闻和社交媒体，专心读自己喜欢的书，在久经磨损的书页间寻找慰藉。我又把《卡扎勒特编年史》重读了一遍，想起自己第一次在哈查兹书店读到这套作品时关注的主要是几位年轻女子的恋爱。而现在，我发现霍华德把小孩子刻画得惟妙惟肖。埃伦辩称他们迟到是因为内维尔弄丢了运动鞋，这时，内维尔说："只弄丢了一只。"这正是马特在那个年纪会说的话。马特也想养一只水母作宠物，要是它死了，他也同样会沮丧、愤怒。

《光年》完美地融合了个人处境与社会政治。小说结束在 1938 年夏末，结局充满希望，那些准备迎接战争的人都自感有些愚蠢。只有读者知道那种乐观是错位的，他们很快就会陷入持续多年的动荡。

有时我重读一本书，会感觉自己跟它缘分已尽，我们漫长而幸福的关系走到了尽头。我对《卡扎勒特编年史》系列还没产生这种感觉，每次重读都有新的发现，也相信今后收获会越来越多。有朋友问我哪有时间重读这么多书，这个问题让我莫名其妙。重读是我保持理智的方式。每天一本书，医生远离我。但愿如此。

书真能拯救你的生命吗？或者这是否真如安迪·米勒所说，"不过是'我真心喜欢这本书，且愿意借谈论它赚钱'的一种便于传播的简略说法？"

有几本书的确改变了我的人生，因为它们激励我行动。朱利安·巴恩斯把我带到法国，尽管该负责的并不只有他。弗朗索瓦丝·萨冈和居斯塔夫·福楼拜也要负一点责任。凯特琳·莫兰的《如何做女人》促使我开始写博客，博客则带我走上了撰写有偿书评的道路，而直到这个愿望实现前的五分钟，我都以为它是天方夜谭。这本书还在我撰写回忆录时帮我找到了自己的声音，达米安·巴尔[1]的《玛姬与我》也起到了同样的作用，此外还有萨特南·桑格拉[2]的《戴头饰的男孩》。它们让我相信像我这样的人也可以写书，而不仅仅是读书而已。乔恩·罗森[3]的《千夫所指》和卡罗琳·凯普尼斯的《安眠书店》都彻底掐灭了我对社交媒体的兴趣。乔利用社交媒体追踪受害者，这让我开始高度警惕自己暴露在网上的信息，而乔恩·罗森的作品则让我难以直视推特上的网暴行为，担心自己公开受辱的日子就在眼前。

过去，我做出人生选择常常是为了推进情节，这并不明智，虽说有一次，《天堂的色彩》帮我甩掉了一个糟糕的男友。我并不是唯一一个用小说指导自己感情生活的人。我的一位朋友一次在海滩上读《爱的追寻》，读到法布里斯说爱情对他而言只能维持五年时，她突然意识

---

1 达米安·巴尔（Damian Barr, 1976—　），英国作家、广播主持人。

2 萨特南·桑格拉（Sathnam Sanghera, 1976—　），英国记者、作家。

3 乔恩·罗森（Jon Ronson, 1967—　），英国新闻记者、作家、电影制片人。

到自己当时那段恋情恰好持续了五年，而她已经受够了。另一位朋友在要我答应绝对保密后承认，若不是因为好奇婚外情的感觉是否真如她最喜欢的小说所写，她是不会出轨的。

小说是一头奇怪的野兽，在某些时候，行事太像一个受夸张的讽刺与诗意的正义感左右的小说人物对我并没什么好处。对我们这种想象力过剩的人而言，生活往往令人大伤脑筋。在小说中，假如一个人因为忘带钥匙而不得不折返家中，那几乎一定会有可怕的事发生。这种情况在现实生活几乎完全不会出现，但我却发现自己会变得忧心忡忡，总是不由自主地猜测情节可能会如何发展。我不敢在夜晚或林中慢跑，因为我知道小说中的女人这样做会发生什么。马特小时候，每次不在他身边，我都会不情愿地承认自己就像在试探命运，要求——若是按照书中故事的正常走向——他摔下爬架，或是遭到绑架，所以才觉得做母亲那么辛苦。

小说的另一重危险，在于它把我们的期望值抬得太高，我们总以为自己配得上达西先生，尽管一旦要跟伊丽莎白·贝内特共同抚养几个小孩，就连达西先生的形象也会崩塌。作家的日记与信件所呈现的图景比小说真实。

233

L.M. 蒙哥马利塑造了吉尔伯特·布莱思这个梦中情人，但她的日记却揭示了她的生活如何每况愈下，因为她丈夫不愿看她受人赞美、被人钦佩。每当读到或听到女作家丈夫的所作所为，我都会愈发感激自己的丈夫。埃尔文可不像 L. M. 蒙哥马利的丈夫，他欣然接受我们的生活以我为核心，而且他也不同于特德·休斯，不会去伦敦跟别的女人搞婚外情。他绝不会在天寒地冻中留我独自一人照看年幼的孩子。因此，尽管浪漫小说可能让我们抱有不切实际的希望，但阅读作家丈夫的故事能起到很好的矫正作用。

阅读曾不止一次拯救过我，陪伴我度过每一段艰难的时光。今天，一旦察觉注意力开始涣散，我就知道我必须远离新闻，切断社交媒体，对自己实施科技宵禁，把所有的电子设备赶出我的卧室。我需要躺进浴缸，或是抱着一本书躺到床上。

用埋头阅读逃避痛苦并不总是坏事。假如生活境况急转直下，假如我们被悲伤的风暴袭击，那么阅读绝不是度过漫漫长夜最坏的办法。我戒了酒，但当年我饮酒时，阅读让我不至于喝得太多，因为我不喜欢醉到感觉纸上的文字都在晃动、无法读着书睡着。阅读能让心灵有喘息之机。

阅读时，我的呼吸会放缓。人会平静下来。变得兴味盎然，充满好奇。接受"眼动身心重建法"治疗[1]期间，我意识到阅读之所以具有舒缓作用，是因为它属于一种双边运动。我们的视线在纸面上有节奏地来回移动。或许正因为如此，我才觉得读书令人安心，而且读什么并不重要，只要它能让我愿意不断地左右移动目光。

而最重要的是，书籍能够抚慰我的心灵，让我知道自己并不孤单，我的一切感受都曾有人体会，我的一切挣扎自古以来就困扰着别人。我最喜欢的书都是普适性的。它们照亮我的生活，也向我展示别人的生活，改变了我，也开阔了我眼界。每当我翻过最后一页、回到现实世界，我会意识到自己只是天地间的一粒尘埃、巨大拼图上的小小一块。我或许以为自己关心的问题很当代、很特殊，但其实它们就像时间本身一样古老。我该如何去爱人，假如明知他们的死会令我痛不欲生？我该如何好好生活，在一个不公的世界？我该怎样做到既关心同胞，又不因同情而窒息？我该如何平衡自己对刺激的渴望与对独处的需求？阅读常被视作一种内向的活动，但我觉得它对我这样的外向

1　一种帮助患者走出创伤和情绪困扰的心理疗法，具体做法是让患者回想痛苦的回忆，同时治疗师给予双侧刺激，例如让眼睛左右移动，或是手部敲击。

型人士也不可或缺。它能让人独处而不孤单。

　　与人建立联结、寻找爱，是我们与生俱来的本能，我们因此而容易遭受痛苦的折磨。避免痛苦的唯一方式就是避免去爱，而这本身就是一种痛苦。

有益的非虚构读物

小说可以是同盟，可以是伙伴，却不一定能指导我们行动。非虚构作品可以帮我们度过人生的起伏，随着年龄的增长，我越来越喜欢读这类作品，这或许只是因为在迎来爆炸式发展之后，励志类书籍——很遗憾没有更贴切的词——的品质有了飞跃。以下是几本令我受益匪浅的书，我曾在克服人生挑战的过程中一再重读。不要小看任何一件事。

《戒酒快乐吗》 *The Unexpected Joy of Being Sober*

凯瑟琳·格雷[1] 著

我在戒酒大约一年后才读到这本书，顿感相见恨晚。一些段落引起我深深的共鸣，我甚至觉得作者肯定偷了我的日记。这本书有益、实用、亲切、幽默，我愿意向一切不满自己饮酒的方式、原因和剂量的人强烈推荐。我曾以为少了酒精，生活只会是灰暗且煎熬的旅途，但未来是光明的，还充满意想不到的快乐。

---

1 凯瑟琳·格雷（Catherine Gray，1980— ），英国作家、编辑。

《如何甩掉手机》*How to Break Up with Your Phone*

凯瑟琳·普赖斯[1] 著

我很晚才跟上科技潮流，却震惊地发现自己对手机上了瘾，甚至到了忽略家人、损害健康的地步。其实我已经在践行本书作者提出的方法，不过看到信息经过如此精心的梳理，看到自己摸索的方法得到这样充满智慧与风格的肯定，我感觉相当不错。把科技产品摆在它应有的位置——仆人，而非主人——最大的好处，就是你会有更多时间读书。我一般在下午六点左右关机，用精心写就的长文犒赏自己的大脑，让自己变得更好。

《真希望我父母读过这本书》

The Book You Wish Your Parents Had Read

菲利帕·佩里[2] 著

我们每次把孩子的负面情绪视作需要纠正的负能量，就相当于告诉他们这些感受是错误且不可接受的。假如我们能

1　凯瑟琳·普赖斯（Catherine Price，1978— ），美国科技记者、演讲者、教师顾问。

2　菲利帕·佩里（Philippa Perry，1957— ），英国心理治疗师、作家。

保持冷静，把悲伤、愤怒和恐惧视作进一步了解子女的契机，我们就能加深亲子间的感情，说不定还能提高他们获得幸福的能力，因为压抑情绪正是长期问题的诱因。保持乐观也很重要。我们要为孩子营造一种感觉，让他们知道我们相信他们能做得很好。而且我们绝不能因为沉迷手机而忽视他们！无论世界上正在发生什么，我们现在的职责都不是紧跟时事，而是在孩子们成长的道路上陪伴他们。

《悲伤的力量》 *Grief Works*

朱莉娅·塞缪尔[1] 著

朱莉娅·塞缪尔是一位心理医师，她把悲伤描绘成失去的痛苦与生存的本能之间的角力。我曾把这本书推荐给许多写信给我的人和我在各种场合认识的人。他们像我一样，在得知自己的悲伤并不呈线性发展时也很困惑。我们都必须直面悲伤，但我们无须独自面对。这是一本美好而治愈的书，它从不对生活中的痛苦避而不谈，而是给人带来希望，提供实用的建议。

1　朱莉娅·塞缪尔（Julia Samuel，1959— ），英国心理治疗师、伦敦圣玛丽医院妇幼保健先驱人物、英国丧亲儿童基金会创始人。

《拥抱可能》 *The Choice*

伊迪丝·埃格尔[1] 著

在见证了人性最丑恶的一面之后，该如何让生活继续？在奥斯维辛集中营，伊迪丝·埃格尔曾为纳粹军官约瑟夫·门格勒表演舞蹈。被一位前来解救他们的士兵从死人堆里拽出来时，她已经奄奄一息。多年后，她成为心理医师，这部探讨失去、悲伤、创痛与希望的著作中也穿插着她与病人的对话。她慷慨、睿智，行文也十分亲切。她相信人类的痛苦没有高低贵贱之分："我不希望你在听完我的故事之后说：'我的痛苦没那么有意义。'我希望你听了我的故事会说：'既然她能做到，那我也可以！'"

《好好告别》 *With the End in Mind*

凯瑟琳·曼尼克斯[2] 著

死亡终会降临，我们无须恐惧，但有许多准备要做。曼

1 伊迪丝·埃格尔（Edith Eger，1927— ），美国心理学家，生于一个犹太人家庭，是大屠杀的幸存者。
2 凯瑟琳·曼尼克斯（Kathryn Mannix，1959— ），英国职业姑息治疗医师、认知行为治疗师。《好好告别》是她对四十余年执业生涯的总结与思考，曾入围惠康图书奖短名单。

尼克斯是位临终关怀医师，在她笔下，死亡并非一种不公而可怕的耻辱，也不是一件晦气的事，而是我们命中注定、不可逃避的结局。了解行将就木的人如何在满足与遗憾中回首人生，能让我们汲取经验与教训。现在我们应该做些什么来平衡满足与遗憾？接受自己必然的命运，似乎能让我们不必把时间浪费在恐惧与担忧上，让我们有时间抬起头，享受这个世界。这正应了曼尼克斯那句话："人这一生只有两个日子不到二十四小时，它们如同两侧的书挡，横跨我们的人生：其中一天我们每年都会庆祝，但却是另一天让我们意识到生之可贵。"

重读之路

回首从前，我是否能找到自己？我跟过去那个小女孩、跟过去的每一个自己是否仍是同一个人？我想答案是肯定的。我最喜欢的依然是书，宁可要一张购书券也不要别的礼物。我依然会无视朋友家人，自顾自地读书，而且在接近结尾时，我依然几乎不会为任何事停止阅读。我不知道大家怎么能忍受肥皂剧；对我而言，被悬念吊着胃口、不得不一周三次等待更新，这不啻为一种折磨。

我是出了名地对一本书还剩多少缺乏概念。最近我们安排了一次全家出游，听见埃尔文在楼梯上大声问我准备好了没，我回答："等我把这本书看完，就差几页了。"

马特跑到楼上核实。"这可不止几页啊，妈妈。我发现你经常骗我们说没剩几页，就为了让我们等你把书读完。"

"你很敏锐，也很聪明。"我说，"你越早让我接着往下读，我就能越早读完。"

　　遇到喜欢的新书依然是我生活中最快乐的一件事。我最近一次熬夜，读的是萨拉·科林斯[1]的《弗兰妮·兰顿的自白》。当我的手指拂过封面上浮凸的金色剪刀，我感受到那阵熟悉的战栗。凌晨三点，我翻过最后一页，躺在黑暗中思考小说何以拥有如此伟大的力量，能揭露不公，让我们透过别人的眼睛观察世界。我近年来读到的最好的小说都像这部作品一样，与奴隶制有关——包括雅阿·吉亚西[2]的《回家之路》科尔森·怀特黑德[3]的《地下铁道》和艾西·伊杜吉安[4]的《少年华盛顿·布莱克云船漂流记》——这些作者借故事的力量在历史中寻找并揭开必要的真相，在今天这个时代，这些真相依然有着

1　萨拉·科林斯（Sara Collins，1972— ），英国小说家，生于牙买加，2019年凭借历史小说《弗兰妮·兰顿的自白》获得科斯塔图书奖最佳首作奖。

2　雅阿·吉亚西（Yaa Gyasi，1989— ），美国作家，生于加纳。她凭借首部小说《回家之路》赢得美国国家书评人协会奖首部小说奖、海明威奖、美国图书奖等荣誉。

3　科尔森·怀特黑德（Colson Whitehead，1969— ），美国作家，凭借《地下铁道》获得2016年美国国家图书奖最佳小说奖、2017年普利策小说奖。

4　艾西·伊杜吉安（Esi Edugyan，1978— ），加拿大小说家，父母均为来自加纳的移民。《少年华盛顿·布莱克云船漂流记》曾获得吉勒奖，并入围2018年布克奖决选名单。

重要的意义。

即使在揭示人性的残酷时，书籍也仍在告诫我们不要恶意揣测他人。我自己就倾向于信任生活中遇到的人，因为在书中，看似不可思议的事情总是真的，我可不希望给别人带来露西从纳尼亚回来时那种感觉，或是弗兰妮被那些不了解她生活的人品头论足、百般虐待时的感觉。不久前，我怎么也找不到我的 iPad，于是疑神疑鬼地猜测马特肯定对它做了什么，或者很可能把它弄坏了又不肯承认。他矢口否认，我选择相信，iPad 有好几天都不见踪影，直到我发现它掉进了床头柜后面的缝隙。我向马特坦承我怀疑过他。"对不起，"我说，"我错了。跟我握个手好吗？"

是我太天真了吗？我曾无数次得到这个评价。即便如此，这应该也是一种有意为之的天真，就像《我的秘密城堡》中的卡桑德拉一样。我宁可一次次受骗，也不愿总在生活中做最坏的打算。酒吧生涯赋予我敏锐的眼光：我看人很准，不会轻易上当。就像我在酒吧或在每家书店工作时一样，在生活中，最重要的依然是不要为个别讨厌之人而把一切全盘否定。我依然相信多数人有着纯良的本性，值得我们用心去挖掘。我们需要找到一种对未来保持乐观的方法。我明白对我而言，对人类保持信心十分重要，一旦现实——或者说被新闻频道切割成碎片的生活——过多的侵扰开始动摇这份信心，我就必须躲进书本的怀抱，直到心情好转。

我依然总想知道火车和公共汽车上的人在读什么书，我会伸长脖子打量封面，满心期待能与对方攀谈。参加文学节最大的乐趣之一就是被书迷包围，在各处看到他们的身影，无论在咖啡馆、酒店还是餐厅。这些能与陌生人谈论书籍的时光令我由衷地快乐。

我也依然喜欢重读。翻开自己曾反复阅读的作品会带给我非凡的愉悦。书籍巨大的魔力，部分在于它会随着我们年龄的增长而呈现更多的面向。

生下一个孩子，再把婴儿抚养成一个真正的小男孩，这个过程堪称奇迹。也许我最棒的重读体验就来自我跟马特一起读的书。多年来，我俩一直在阅读和讨论《哈利·波特》。不久前他跟埃尔文一起去荷兰进行了一次"男生之旅"，回来时顺道去了漫展。我去火车站接站时，看见马特戴了一顶绿色的帽子。

"我属于斯莱特林，"他腼腆地说，"我知道你觉得我应该属于格兰芬多，但我不是。"

"亲爱的，你一定要做自己。"我说。

身为母亲，我面临的一大挑战是如何克服对马特遭遇不幸的担忧。通过谈论哈利和她的母亲，我得以向马特充分表达我对他的爱：我会说我们的心以金线相连，它不会随死亡而消逝。他上次生日时，朋友送给他一套哈利·波特主题的乐高积木，它再现了《哈利·波特与阿兹卡班的囚徒》中哈利召唤出雄鹿形态的守护神、逼退摄魂怪的场景。"妈妈，你可以把这个放在办公桌上。"马特一边说，一边把雄鹿模型递给我。马特阅读还有些吃力，不过他特别爱听故事。我会读书给他听；我们会在他每天早晨上学前、晚上睡觉前各朗读半个小时，不久前才刚读完——我稍加删节的——《阿德里安·莫尔》系列中的一本。

我不再争分夺秒地读书。而是放慢了阅读的速度。在书店工作时，我总是对每套作品、每位作者的出版顺序如数家珍，但现在，我的记忆开始模糊，变得不听使唤。记忆力在孕期离我而去，再也没能恢复，如今，每次想在脑中列出详细书目，我的感觉就像拉开文件柜抽屉，却发现里面空空如也。我试着不去在意，用这个理论安慰自己：随着年龄的增长，智慧将取代记忆。我用十天时间重读了《安娜·卡列尼娜》，同时匆匆记下自己的感想。在发现自己竟把笔记本遗落在火车上之后，我沮丧地意识到，要想知道那些感想都是什么，我只能再读一遍小说。我唯一记得的，只是我觉得如今的自己更像列文而不是安娜；还有我看到安娜竟为渥伦斯基如此大费周章，便有了一种异常惊讶和疲惫的感觉。

遗憾的是，我现在依然喜欢苛求自己，总怕自己不够优秀，还总跟旁人比较，觉得自己被比了下去。我们这些不幸的人啊，为什么非这样不可？我们为何如此容易陷入攀比与绝望的泥沼？有时，我会感觉我这辈子都在担心自己聪明过头或是不够聪明。我处在这样的境况中，要么怕自己因为用了太多长词而受罚，要么担心自己因为发音不够标准或暴露出巨大的知识盲点而遭人耻笑。即使在阅读方面，我也很容易陷入恐慌，认定自己若不是什么都读过就没资格以书迷自居。我知道这并不健康，每次见别人这样我都会难过，但我自己也常常陷入这种境地。亲爱的读者，千万不要这样。不要让任何东西损伤你阅读的乐趣。不要听信任何人说你喜欢的东西不上台面，说那些能抚慰与安定你灵魂的东西不够有档次。

在性格和习惯方面，我感觉自己依然是个书店店员。最近，我去了一趟特莱利西克花园那家金碧辉煌的国民信托书店，在那儿，两位女店员正在为《饥饿游戏》系列的摆放顺序发愁。

"我没准儿能帮上忙，"我说，"这套书我读过。"

我把它们按顺序排列好，其中一位女士告诉我她从前是图书管理员，现在喜欢每周花几天时间来店里帮忙，还说有位朋友托她替女儿找《饥饿游戏》的几部续篇。我告诉她我很喜欢这家书店，经常来这儿复购以前买过却已遗失或送人的书。这次简短的交流十分愉快，重新唤起了我熟悉与热爱的关于书店的方方面面。尽管我是以顾客的身份出现，但帮她排列书籍让我想到我最喜欢书店工作的一点，就是它让我感觉自己是个有用的人。

驱车回家的路上，我开始思考人的身份认同，思考我们如何描述自己，我们可以选择什么，不能选择什么。我曾是某人的姐姐，一个烟民兼酒鬼，但我已经告别了这些身份。如今我是母亲、作家，也是教师与导师。而且我将始终是个读者。

每个星期日清晨，我都会早早起床——有时天还没亮——跑步去父母船上用早餐。我会穿过墓地高处，那里埋葬着我的祖母，在把马蒂的骨灰撒入大海之后，我们也在那里给他立了块碑。跑到斯旺普尔海滩时，我会向他们挥手道别，那片海滩曾是走私贩往国内贩运白兰地的地方，总让我想起《牙买加客栈》，然后我会绕过悬崖，大海在右，潘丹尼斯城堡在前。

爸爸总会为我剥好一颗葡萄柚。我没耐心剥这种水果，所以自己从来不买。爸爸剥得很仔细，很有章法，总是用他那把特制的弯刀把各部分分割开来，我吃着它，心知他爱我至深，能为我如此不顾麻烦。我总会想起《尚待商榷的爱情》中的斯图尔特，他给吉莉安剥葡萄柚，因为她毫不在意而沮丧，而且在吉莉安离开他投入他的好友奥利弗的怀抱时认定奥利弗绝不可能对她这么用心。在《10½章世界史》的最后一章，叙述者在天堂醒来，吃到的第一种食物就是一颗完美的葡萄柚。

有时，马特会跟我一起跑步。我总以为有个作家母亲、家里总有她的作家朋友来做客是件很棒的事，但近来我发现马特并不一定这么想。原因很简单，他不喜欢任何会把我夺走的事物，无论是现实中的出行还是书中的旅程。比现在小得多时，他见我出神就会跑到我身边敲我的额头，问："你在里面吗，妈妈？你在哪儿呢？"不久前，我读到罗伯特·加尔布雷思在最新小说的致谢辞中感谢她的子女，说当作家的孩子并不轻松。那天晚上，我问马特："你也这么觉得吗？为什么呢？"

"是呀，"他说，"我们总觉得你爱书胜过爱我们。"

"我爱你胜过一切。"我说，他冲我笑笑，好像将信将疑。

"你知道的，我爱你胜过任何一本书。"我说。

"真的吗？"

"当然了。"

"那你确实很爱我了，"他说，"因为你真的很爱书。"

"对呀，"我说，"想想看，你是我最爱的小男孩，我爱你胜过所有我读过的书。说明我真的非常爱你。"

"我相信，有这样一种说法，"德温特夫人在回首曼陀丽往事时说，"不论哪一对夫妻，只要经历苦难磨炼，就会变得更高尚、更坚强，因此，想要在今世或来世更进一步，理当忍受火刑的考验。"接下来，她讲到每个人在生活中迟早会面临考验，而在历经困苦之后，她只想平淡地生活。我也深有同感。我为这世界而战栗，但我设法让自己享受日常生活平缓的节奏，祈求司掌故事的神明能暂且放我一马。

当年在斯内斯，在我的少女时代，我总渴望人生能一波三折。而现在，我只希望一切都波澜不兴。我想漫无目的地四处闲逛，最好能在这世上多做善事，尽量有所贡献，但在此之外，我也要养育孩子，打理花园，享受家人与朋友的陪伴，享受我书架上那么多华美而破旧的书籍。顺便一提，它们的顺序依然混乱。我找不到满意的排列方式，而我每次下决心整理书本、不再乱堆乱放，却总是坚持不了多久。

每本书都承载着一段记忆。把一本书捧在手中，你不仅能读到书中的文字，也能零星地瞥见从前读这本书的自己。展望未来——且让我从回忆中暂且抽身，把目光投向前方——我知道自己依然会不断地阅读，在书页间寻获巨大的慰藉与乐趣。也许等我年老病弱，看不清书上的文字，我会转投有声书的怀抱。也许我临终前听到的会是玛雅·安吉洛朗读《我知道笼中鸟为何歌唱》的声音，又或许马特甚至是他的某个孩子会把它读给我听。这样离开人世倒也不错。

而在那之前，我还会不断把脑袋探进衣橱，心知无论发生什么，只要我一息尚存，就不会忘记在父母花园里捧着书躺在树荫下的那种快乐，不会忘记给儿子读书的那种幸福，不会忘记自己这些年在书店、图书馆、节日庆典、监狱，还有飞机火车上遇见的无数陌生人，也不会忘记是书籍在我与世界之间架起桥梁，承载起那些人与人心心相印的瞬间。我们都生活在阴沟里，但书籍让我们仰望星空。而且我知道，无论将来还会经历什么，我都会一如既往地热衷于与陌生人谈论书籍。很久很久以前，有个小女孩喜欢读书。今天她依然如此。也将始终如此。

不存在所谓结局。如果你认为有结局，就是误解了它们的本质。它们全都是开端。这里就有一个。

——《提堂》，希拉里·曼特尔著

致谢

　　这本书我写了很久，因为每逢心情低落，我就会怀疑自己的信念——怀疑人生是否值得一过，阅读是否真是我的盟友——继续写作就会变得十分艰难。最终，我发现，这些波折都进一步证实了我的信念，因为我总是遵循同一套模式，先是陷入沮丧，再退回我最初的嗜好中，然后慢慢恢复到足以重新面对一切。最后，我终于明白这次写作，或许还有我全部的努力，都可以归结为一句话："人生苦痛，以书解忧。"

　　写得这么慢的好处，是我得以与三位优秀的编辑合作，我对弗朗西丝卡·梅因、基什·维迪亚拉特那和吉莉恩·菲茨杰拉德-凯莉感激不尽。同样，我也衷心感谢我的经纪人兼挚友乔·昂温，以及来自乔·昂温版权代理公司的米莉·赖莉和唐娜·格里夫斯。能受到这些了不起的女性关照，是我莫大的殊荣。

许多作者都曾就本书的写作与我展开过激动人心的探讨，我很想逐一感谢他们，不过这样做似乎有炫耀人脉之嫌，所以在此，我只想说："你们自己知道我说的是谁。"感谢各位书店店员、图书管理员和活动组织者，感谢他们成为联结作者与读者的生命线。在此，我要特别向我们康沃尔的几家本地机构致以谢意：法尔茅斯图书馆、法尔茅斯书店及水石书店特鲁罗分店。

感谢来自阿尔文基金会、柯蒂斯·布朗创意写作学校、法尔茅斯大学、凯斯特勒信托基金会、传播话语组织、纯净散文写作空间与国家写作中心的各位，感谢他们给予我教授写作的机会。向我所有的学员和辅导对象致意：你们点亮了我的人生。

在这本书写作后期，我愉快地主持了《书商》杂志的播客。感谢奈杰尔·罗比、菲利普·琼斯、汤姆·提夫南、艾丽丝·欧基芙、卡罗琳·桑德森及克里斯·汤普森让这项工作妙趣横生，也感谢快速阅读所有的作者，尤其是伯娜丁·埃瓦里斯托[1]，她在荣获布克奖之后还从百忙

---

1 伯娜丁·埃瓦里斯托（Bernardine Evaristo，1959— ），英国作家、学者，2019年凭借小说《女孩，女人，其他》获得布克奖，成为第一位获奖的黑人女性。

之中抽空为我们写作。（同时成为第二位拥有布克奖头衔的快速阅读作者，也是首位在获奖前后撰写快速读本的作者）。

感谢艾莉森·贝尔肖、罗贝塔·博伊斯、克莱尔·德布尔萨克、萨拉·科林斯、埃斯特·康纳、乔·道森、凯特·丁布尔比、杰宁·乔万尼、萨利·休斯、米娅·川田、索菲·柯卡姆、菲奥娜·洛克哈特、克丽丝特尔·马赫-摩根、怀尔·门缪尔、桑娅·奥克利、朱莉娅·塞缪尔、妮娜·斯蒂贝和基特·德瓦尔，他们曾给予我不遗余力的支持。

感谢莉齐·沃特豪斯和约翰·沃特豪斯给了我另一个家，感谢艾丽丝和安妮随时让我感觉宾至如归。

感谢伊丝拉·莫里森成为我一生的挚友。在我与她分享书中那些关于她的片段时，她动人的回复令我落泪："就在你觉得我和家人光鲜而见多识广的同时，我也觉得你是这世上最幸运的女孩，能在家中享受亲爱的米格和凯夫[1]那么多无条件的爱。我好像并不像你印象中那么介意你整个周末都在埋头读书，因为我太喜欢跟你父母和马蒂一起

1　米格和凯夫是后文中米吉和凯文的昵称。

257

消磨时光了！有个星期天下午，我在你家看《靶心》，面前摆着下午茶和满满一盘大车轮巧克力夹心饼干，还有图诺克茶点饼干，那真是我那一周的高光时刻！在当时，成为你家的一员（哪怕每次只有几天）是能让我找回正常生活的救命稻草，我从未低估它持久而积极的影响。你们留给我的全是充满爱与欢笑的幸福回忆。"

最后是我的大后方。感谢我的父母凯文和米吉，感谢他们一直以来的悉心照料，感谢他们把培育花园的过程变得充满欢乐与嬉闹。愿这一切能长长久久。感谢埃达·伦岑布林克和保罗·鲍耶与玛丽昂·鲍耶夫妇对我的帮助与陪伴。感谢我丈夫埃尔文如此体贴善良，也感谢他愿意学着按捺自己，一直等到我完成写作一线的工作才来跟我分享一天的见闻。感谢我儿子马特频频与我谈论书籍与故事，展开精彩的对话，感谢他始终支持我，带给我快乐。

马特说我必须感谢我们的宠物，否则就有失公允，所以最后，我要向猫咪阿拉贝拉和蜥蜴里皮奇普点头致意。而且，既然提到宠物，那我也要感谢彩虹、珠珠和奶糖慷慨地允许我约它们的主人出门。

也向你献上我的爱，我亲爱的读者。在我看来，任何写作都是一句开场白——是对话的起点——而任何回应都会让我感到欣喜与荣幸。我的书就像干瘪的气球，等待着读者到来，为它吹入生命的气息。感谢你允许我在你的想象中翱翔。但愿所有的菠萝糖都归你。

　　写作可以是一件非常孤独的事，但每每想到很快就能见到我那了不起的出版方和那么多可爱而才华横溢的人儿，我都倍感振奋与鼓舞，为了把一本本书呈现在世人面前，他们付出了卓绝的努力。我很高兴能在以下的职员表中将他们的姓名与职责一一列明。

职员表

出版人，麦克米伦成人读物部——杰里米·特雷瓦坦

联合出版人——弗朗西丝卡·梅因

编辑——吉莉恩·菲茨杰拉德-凯莉

潘·麦克米伦财务总监——劳拉·博伦吉

成人读物财务总监——乔·莫厄尔

合同主管——克莱尔·米勒

合同助理——塞内尔·恩维尔

音频出版总监——丽贝卡·劳埃德

联合出版人——索菲·布鲁尔

编辑主任——劳拉·卡尔

技术编辑——克莱尔·加岑

文字编辑——克洛艾·梅

艺术设计总监——詹姆斯·阿那尔

封面设计师——露西·斯科尔斯

设计主管——劳埃德·琼斯

成人读物制作主管——西蒙·罗兹

高级制作主管——夏洛特·汤纳

制作主管——贾科莫·拉索

文本设计经理——林赛·纳什

皮卡多出版社传播总监——埃玛·布拉沃

公关专员——卡米拉·埃尔沃西

高级传播执行专员——加布里埃拉·夸特罗米尼

英国销售团队

渠道市场经理——露丝·布鲁克斯

国际业务总监——乔纳森·阿特金斯

皮卡多出版社国际销售主管——埃米莉·斯科勒

版权总监——乔恩·米切尔

高级版权经理——安娜·肖拉

版权执行专员——梅雷亚德·洛夫特斯

版权助理——艾斯琳·布伦南

营销与传播总监——李·迪布尔

元数据与内容高级经理——埃莉诺·琼斯

元数据执行专员——玛丽莎·戴维斯

数字出版高级执行专员——亚历克斯·埃利斯

运营经理——克丽·普雷蒂

运营管理员——乔希·克雷格

惊奇 wonder BOOKS

| 亲爱的读者 | 出版统筹 | 周昀 | 责任编辑 | 郑伟 |
| QINAI DE DUZHE | 特约编辑 | 黄建树 | 封面设计 | 关于 |

First Published in the UK 2020 by Picador, an imprint of Pan Macmillan, a division of Macmillan Publishers International Limited

著作权合同登记号桂图登字：20-2024-042 号

图书在版编目 (CIP) 数据

亲爱的读者 / （英）凯西·伦岑布林克著；齐彦婧译 . -- 桂林：广西师范大学出版社，2024.6

ISBN 978-7-5598-6907-4

Ⅰ . ①亲… Ⅱ . ①凯… ②齐… Ⅲ . ①随笔 – 作品集 – 英国 – 现代 Ⅳ . ① I561.65

中国国家版本馆 CIP 数据核字 (2024) 第 081871 号

出版发行　广西师范大学出版社
　　　　　地址：广西桂林市五里店路 9 号
　　　　　邮编：541004
　　　　　网址：www.bbtpress.com

出版人　黄轩庄
经销　全国新华书店
发行热线　010-64284815
印刷　山东临沂新华印刷物流集团有限责任公司
　　　地址：山东临沂高新技术产业开发区工业北路东段
　　　邮编：276017
开本　787mm × 1092mm　1/32
印张　8.375
字数　133 千字
版次　2024 年 6 月第 1 版
印次　2024 年 6 月第 1 次印刷
定价　55.00 元

如发现印装质量问题，影响阅读，请与出版社发行部门联系调换。